Coleção MELHORES CRÔNICAS

Ferreira Gullar

Direção Edla van Steen

Coleção Melhores Crônicas

Ferreira Gullar

Seleção e Prefácio Augusto Sérgio Bastos

© Ferreira Gullar, 2004

1ª EDIÇÃO, 2004
1ª REIMPRESSÃO, 2008

Diretor Editorial
JEFFERSON L. ALVES

Gerente de Produção
FLÁVIO SAMUEL

Assistente Editorial
ANA CRISTINA TEIXEIRA

Revisão
ANA CRISTINA TEIXEIRA
CLÁUDIA ELIANA AGUENA

Projeto de Capa
VICTOR BURTON

Editoração Eletrônica
ANTONIO SILVIO LOPES

Dados Internacionais de Catalogação na Publicação (CIP)
(Câmara Brasileira do Livro, SP, Brasil)

Gullar, Ferreira, 1930-
Ferreira Gullar / seleção e prefácio Augusto Sérgio
Bastos. – São Paulo : Global, 2004. – (Coleção melhores
crônicas / direção Edla van Steen).

Bibliografia.
ISBN 85-260-0948-6

1. Crônicas brasileiras I. Bastos, Augusto Sérgio. II.
Steen, Edla van. III. Título. IV. Série.

043-6224   CDD–869.93

Índices para catálogo sistemático:
1. Crônicas : Literatura brasileira 869.93

Direitos Reservados

**GLOBAL EDITORA E
DISTRIBUIDORA LTDA.**
Rua Pirapitingüi, 111 – Liberdade
CEP 01508-020 – São Paulo – SP
Tel.: (11) 3277-7999 – Fax: (11) 3277-8141
E-mail: global@globaleditora.com.br
www.globaleditora.com.br

Colabore com a produção científica e cultural.
Proibida a reprodução total ou parcial desta obra
sem a autorização do editor.

Nº DE CATÁLOGO: **2537**

MELHORES CRÔNICAS

Ferreira Gullar

ITINERÁRIO DO CRONISTA

A luta corporal, primeiro grande livro de Ferreira Gullar, está completando em 2004 meio século de publicação. Considerado um marco da literatura do Brasil, revela um poeta maduro e em pleno vigor expressivo envolvido na luta entre a tradição e a renovação, exemplificada nos admiráveis sonetos que abrem o volume e nas radicais desestruturações lingüísticas dos versos livres que fecham a obra. Sem abdicar, no entanto, da exigência estética, Gullar fez com que palavras e temas comuns extraídos do cotidiano permeassem suas páginas, ganhando força no corpo-a-corpo com a poesia – um traço determinante do seu trabalho artístico. Esse propósito será retomado nas crônicas.

Sua obra, ao longo dos últimos cinqüenta anos, se alçou a um patamar de excelência raras vezes alcançado na língua portuguesa. Reunida em um só livro – *Toda poesia* –, editado em 1980, já atingiu a 13ª edição. Em 2003, com o título de *Obra poética*, foi publicada em Portugal, num volume de 541 páginas. Confirma essa consagração uma pesquisa realizada junto a cerca de 100 intelectuais brasileiros em fins da década de 1990, onde Gullar foi apontado como o mais importante poeta vivo do país, com mais de 70% de indicações.

A produção desse grande escritor se tornou mundialmente conhecida em função de seus livros de poemas, traduzidos e editados em muitos países a partir de 1965: Suíça, Venezuela, Argentina, Equador, Alemanha, Peru, Estados Unidos, Espanha, Colômbia, México, Cuba, Holanda, França e Suécia. O livro *Por você por mim*, traduzido para o vietnamês, foi distribuído entre os guerrilheiros durante a guerra no Vietnã.

Essa é a face mais conhecida do artista maranhense. Mas, além do poeta, convivem em Gullar o ensaísta, o dramaturgo, o ficcionista, o memorialista, o tradutor e o cronista. Do total de 50 livros editados, 29 volumes, isto é, mais da metade, são de prosa.

Em numerosos ensaios tem sido um lúcido e atuante crítico de arte e literatura. Tais estudos podem ser encontrados em obras como *Cultura posta em questão*, *Vanguarda e subdesenvolvimento*, reeditados em 2002, e *Argumentação contra a morte da arte*, hoje em 8ª edição. Escreveu peças para teatro, novelas para televisão e ainda dois títulos no campo da ficção: *Gamação*, uma história de amor entre adolescentes, e *Cidades inventadas*, coletânea de contos onde, com humor, explorou os domínios do fantástico. Recordou os anos de exílio na envolvente prosa memorialística de *Rabo de foguete*. Traduziu Jarry, Rostand, La Fontaine e Cervantes.

Em 1989 lançou seu primeiro livro de crônicas, *A estranha vida banal*, pela Editora José Olympio. O segundo, uma nova seleta, veio a público em 2001: *O menino e o arco-íris*, pela Editora Ática. A José Olympio publicou ainda o volume *O melhor da crônica brasileira*, reunindo textos de Ferreira Gullar, José Lins do Rego, Rachel de Queiroz e Sérgio Porto. Neles está apenas uma parte do que Gullar escreveu para os jornais e revistas. No Rio de Janeiro desenvolvera uma carreira respeitável como jornalista: revisor, copidesque, redator, cronista, começando pela *Revista do IAPC* até chegar a co-diretor do Suplemento Dominical do *Jornal do Brasil*, com passagens pelos periódicos *Arquitetura*, *O Cruzeiro*, *Manchete*, *Diário Carioca*, *Diário de Notícias* e, mais tarde, por *O Estado de S. Paulo*, onde permaneceria por mais de 30 anos.

Aos 20 anos, ainda em São Luís, Ferreira Gullar escreveu as primeiras crônicas. Foi em 1950 no *Jornal Pequeno*, assim nomeado pelo formato de tablóide. Era um jornal de oposição ao Governo do Estado. Os textos traziam críticas sobre a política provinciana da época. No ano seguinte mudou-se para o Rio de Janeiro.

Em 1954 teve, de forma inusitada, a segunda experiência como cronista. Foi convidado por Otto Lara Resende, chefe de redação da revista *Manchete*, para trabalhar como revisor, com a promessa de promoção a redator, o que inicialmente não contou com a concordância de Adolpho Bloch, o dono da revista, para quem Gullar não era redator, mas revisor. Lá, já colaboravam nomes que se tornariam famosos na imprensa e na crônica brasileira, como Rubem Braga, Armando Nogueira e Paulo Mendes Campos. Rubem Braga assinava uma coluna semanal chamada "Gente da Cidade", onde perfilava pessoas famosas do mundo das artes e da sociedade carioca. Um dia Rubem não pôde fazer o texto. Otto chamou Gullar e falou: "Hoje você faz a crônica no lugar do Rubem Braga". Ele aceitou na hora, escolhendo como tema o pintor Milton Dacosta. Na segunda-feira, Adolpho Bloch entrou na redação com a revista na mão e, orgulhoso, disse: "Este Rubem Braga é mesmo um gênio. Olha a coluna dele desta semana, que texto brilhante!". Otto ouviu calado e só depois cutucou: "Foi o Gullar quem fez". Bloch reagiu e saiu desconcertado: "Você está falando isto para me gozar!". Pouco depois o jovem Gullar assumiria o cargo de redator. Uma vez ou outra ainda assinaria algumas crônicas no lugar do Rubem Braga, sempre com o pseudônimo R. B.

A maior parte das crônicas de Ferreira Gullar foi escrita quando trabalhava no *Jornal do Brasil* (1957-1962), onde assinava a coluna "Rodízio", revezando-se com escritores como Manuel Bandeira. Colaborava também no Suplemento Dominical, que ajudou a criar, e mantinha a coluna diária "Noticiário", de artes plásticas. Eventualmente publicava em outros jornais e revistas, como *Argumento* e *Desfile*. Na década de 1970, em decorrência de perseguição política movida pela ditadura militar, exilou-se em Moscou, depois Santiago, Lima e finalmente Buenos Aires. Nessa época, colaborou com o semanário *O Pasquim*, enviando crônicas para o Brasil assinadas com o pseudônimo Frederico Marques ou Flavio Gama (F. G.). Desde 2002 dá seguimento a sua atividade de cronista no jornal *O Tempo* de Belo Horizonte.

As crônicas reunidas nesta nova seleção da Global Editora cobrem um período de quase 50 anos. As mais antigas foram publicadas no *Jornal do Brasil* e as outras, quase todas, no *Pasquim* e n'*O Tempo*.

Se os versos de Gullar sempre foram sensíveis à problemática social, aproximando-se do dia-a-dia, das alegrias e tristezas, reflexões e ousadias do homem comum, as crônicas seguem a mesma linha: muitas são engraçadas ou absurdas, outras poéticas, algumas abordam temas políticos e polêmicos, mas sempre atentas às transformações do ser humano. Os textos são breves. O autor não faz rodeios, vai direto ao assunto. Escreve sob o impacto de uma emoção, de um encontro ou desencontro, de uma revelação qualquer do que sempre esteve em seu entorno.

Da vida banal extrai as crônicas mais agudas, como em "Frango tite" onde nos fala da galinha de domingo e recorda um conhecido aforismo do Barão de Itararé: "Quando pobre come frango, um dos dois está doente". Gullar também tem as suas máximas. Em "Os aforismos da crase", está a mais famosa delas: "A crase não foi feita para humilhar ninguém". Ela já foi, por equívoco, atribuída a Rubem Braga, a Otto Lara Resende e até a Machado de Assis. A precariedade da vida humana está discutida em diversos momentos, como no diálogo em que o gerente despeja a hóspede moradora há 20 anos do "Hotel Avenida" ou em "Solidariedade", onde Décio, poeta e filósofo radical, ao observar a sanha das saúvas devorando as plantas, passa a entender que "esse incidente contribuiu para mostrar-lhe a dura realidade da vida: um comendo o outro". Em "O galo" entrelaçam-se o cronista e o poeta quando, num erro de percepção, confunde a planta crista-de-galo com o galo animal: "Tentei comunicar essa emoção num poema, que ninguém entendeu. Esta crônica todo mundo entenderá".

As crônicas de Gullar passeiam por suas cidades, desde São Luís, a recorrente e interminável paixão, até o Rio de Janeiro, a consciência do artista. As peripécias do exílio também não foram esquecidas: "O cavalo Santorín", "Ah, a imagem do Brasil", "Encontro em Buenos Aires"... O leque de opções é grande. A insegurança na cidade do Rio Janeiro é lembrada numa seqüência de duas crônicas intituladas "Risco Brasil". Em "Impaciência", comenta o futebol de Ronaldinho (o Fenômeno), a impaciência de Zagalo e a perseverança de Felipão. "Os humoristas, esses implacáveis" é uma defesa dos direitos dos profissionais do riso: "– Os humoristas não estão aí para fazer justiça, mas para fazer graça". Em "Drummond, uma parte de mim" declara a influência que dele sofreu e como o poeta mineiro se tornou parte de sua vida, lembrando com humor do que lhe disse um amigo que gostava de beber: "uma parte de minha vida eu vivo, outra parte me contam".

É só escolher uma história e ir em frente. Mas, pleonasmos à parte, vale a pena começar do começo, pois para abrir este livro escolhemos o texto intitulado "Crônica". Nele Ferreira Gullar se pergunta: o que é a crônica? Expõe as dificuldades em defini-la e recorda dos "mestres": a ironia fina de Bandeira e Drummond, o delicioso ar de mentira dos "casos" de Fernando Sabino, e que Rubem Braga "meteu" nas crônicas as flores, as borboletas e um pavão.

Para concluir, nada melhor do que deixar a palavra com o próprio cronista-poeta:

> Um cronista de verdade (não eu, aprendiz) devia pedir aos críticos para deixarem a crônica em paz: nada de análises estilísticas. A crônica é a literatura sem pretensão, que não se bate com a morte: sai do casulo, voa no sol da manhã (a crônica é matutina) e, antes que o dia acabe, suas asas desfeitas rolam nas calçadas. Há quem as recorte e as pregue carinhosamente em álbuns. Mas isso já é entomologia, não é crônica.

Augusto Sérgio Bastos

CRÔNICAS

CRÔNICA

*A*bro esta crônica como uma janela – Bom dia – e nela me debruço para conversar contigo, leitor casual. E nela me debruçarei, se Deus quiser, todas as quintas e domingos, quer chova, quer faça sol. Essa disposição evidentemente não é minha, que preferiria tomar o calor ou a chuva por desculpa para adiar a conversa...

Mas a janela está aberta e o dia balança suas folhas e suas toalhas nesta manhã de Ipanema. Rubem Braga meteu na crônica as flores, as borboletas e, mais recentemente, um pavão. Bandeira e Drummond, uma ironia fina, alegre e triste, enquanto Fernando Sabino a tornou veloz e estonteante, cheia de casos, tudo com um delicioso ar de mentira. São mestres, como outros, e os campeões da crase quando erram ditam lei. Quer dizer, não erram. Tudo o que o velho Braga escreve é crônica! Fico bobo de ver. E os outros também: no barbeiro, na praia, na própria Câmara Federal, descobrem assunto, coisas que a gente lê como se comesse. O aprendiz se pergunta o que diabo é a crônica e não sabe responder.

Dizem que agora a crônica é um gênero seríssimo, e isso me amedronta. Mas tudo ficou, nesses últimos anos, extremamente sério: o próprio humorismo é olhado hoje com o maior respeito. Isto é bom? É mau? Não sei. O que sei é que quanto mais sérios somos, mais tristes ficamos, e é preciso, senhores, deixar na praia uma faixa, pequena que seja, para o frescobol. Sim, porque há também os profissionais do verão que vão para a praia e ali se sentam, gravemente, como se cumprissem uma obrigação. E cumprem mesmo.

A meu ver, o bom de Rubem, Bandeira, Sabino é que eles preferem o frescobol. Borboleta, bigode, piada, joelho, tudo serve para conversar. A crônica tem a seriedade das coisas sem etiqueta. Um cronista de verdade (não eu, aprendiz) devia pedir aos críticos para deixarem a crônica em paz: nada de análises estilísticas. A crônica é a literatura sem pretensão, que não se bate com a morte: sai do casulo, voa no sol da manhã (a crônica é matutina) e, antes que o dia acabe, suas asas desfeitas rolam nas calçadas. Há quem as recorte e as pregue carinhosamente em álbuns. Mas isso já é entomologia, não é crônica.

O FAMOSO
DESCONHECIDO

Antes de surgir a fotografia, era a escultura, a pintura e o desenho que fixavam e difundiam a cara das pessoas notáveis. Como as cidades eram pequenas, todo mundo se conhecia. O pintor que se destacava era o Leonardo ou o Pedro da Francisca (Piero della Francesca), que morava ali na esquina. E as pessoas não apenas sabiam quem ele era como conheciam o que ele fazia. Aliás, era por saberem o que ele fazia que elas o admiravam e distinguiam. Um mundo, portanto, muito diferente do nosso, onde a televisão praticamente define a existência pública das pessoas.

O universo da televisão parece habitado por um certo tipo de gente especial, meio de verdade meio fictícia, que nunca ou quase nunca é vista na rua. Quando isso ocorre, ou seja, quando algum desses seres quase imaginários surge em meio aos seres comuns, estes mal crêem no que estão vendo e, como sabem que o milagre dificilmente se repetirá, tudo fazem para, de algum modo, guardar consigo um vestígio que seja da mágica aparição: um pedaço de roupa, por exemplo; os mais tímidos se contentam com um autógrafo.

Os seres do mundo televisivo não têm todos o mesmo *status:* há aqueles que são reconhecidos na rua e o povo sabe o que eles fazem (são os atores, cantores etc.) e há os que são reconhecidos, são famosos (tanto que aparecem na televisão), mas não se sabe direito por quê; às vezes, não se sabe nem mesmo o seu nome. É o meu caso.

Certa vez, na rua São José, no centro do Rio, fui parado por um homem que passava acompanhado da mulher.

– Um momento – pede-me ele, enquanto faz sinal para a esposa que se aproxima. – Quero apresentá-lo a minha esposa... Como é mesmo seu nome?

– Meu nome é Pedro – respondi. Ele ficou atônito.

– Pedro?! É mesmo?

Aproveitei para me afastar rapidamente.

Este talvez seja o caso mais grave de confusão mental que a televisão provoca: o sujeito sabe que eu pertenço ao mundo dos famosos mas nada sabe de mim nem mesmo o meu nome. É diferente daquele que sabe o nome mas não acredita, quando me encontra, que esteja de fato diante de mim, como ocorreu com o sujeito que deu comigo a uma esquina de minha casa. Eu estava de bermudas e com uma sacola de compras na mão.

– Alguém já lhe disse que você é o xerox de Ferreira Gullar?

Bem, dessa vez a descrença se justifica, já que as bermudas e a sacola não se ajustam muito bem a um "mito" televisivo-literário... Mas, noutra ocasião, em que eu estava distintamente trajado, acompanhado de minha mulher e numa livraria, a coisa se repetiu e com um agravante que me deixou realmente surpreso.

Entrara naquela livraria à procura de um livro que logo encontrei e então me dirigi ao balcão para pagá-lo. Um rapaz, que ali estava, indicou-me onde ficava o caixa e, quando me afastei, disse ao ouvido do outro empregado, em voz baixa, alguma coisa que a Cláudia não conseguiu ouvir. Quando, de volta, passei por ele e me despedi, ele me disse:

– Não leve a mal... mas sabe que quase cometo uma gafe com o senhor?

– Como assim? – indaguei sorrindo.

– É que ia lhe perguntar se não é o poeta Ferreira Gullar. Mas logo vi que não é porque eu conheço ele. É mais alto que o senhor.

Fiquei pasmo, sem saber o que dizer. Cláudia me olhou fazendo esforço para não rir. Despedimo-nos e saímos o mais rápido que pudemos para, na rua, cairmos na gargalhada.

Mas quem definiu muito bem todo esse fenômeno foi um bêbado que, ao me ver passar, gritou:

– Ferreira Gullar! Famoso e eu não sei quem é!

Definição lapidar da fama na sociedade massificada.

FRANGO TITE

Não tão rara quanto o peru nem tão frugal quanto o ovo, a galinha, comida de domingo, era naquela época o símbolo da fome nacional. Já muito antes de nós, o Barão de Itararé diagnosticara: "quando pobre come frango, um dos dois está doente".

Tenho proposto com certa insistência que alguém escreva, no Brasil, a sociologia da galinha, ou pelo menos defina o papel da galinha na psicologia nacional (sem alusões ao sexo mal definido como fraco). Na biografia dos brasileiros, na alma de cada um de nós, embrulhados aos nossos sonhos e desejos, estão alguns cacarejos, uns batidos de asa, um ovo roubado, uma clarinada matinal...

Mas foi o Sá quem descobriu a saída. Se durante a semana, estávamos condenados ao restaurante do Calabouço, domingo tínhamos obrigação de melhorar o cardápio. E o problema não era simples, pelo menos para mim. No Calabouço, com uma carteira falsa de estudante, eu pagava dois cruzeiros por refeição. Pagamento simbólico evidentemente. Bendito simbolismo que eu, na literatura, tratava com desprezo. Mas, aos domingos, não havia Calabouço: tinha-se que enfrentar mesmo o realismo socialista dos restaurantes da Lapa.

Mas o Sá descobriu que no China da Riachuelo, perto dos Arcos, servia-se aos domingos por preço de banana um prato que se chamava, sem rodeios, frango com arroz. E era verdade. Esse prato restaurou em nós a perdida dignidade dos domingos de outrora, iluminados sempre por uma galinha-ao-molho-pardo ou um frango-com-farofa-de-miúdos... Era com outra alma que a gente agora lia os suplementos dominicais, almoçava média com pão e manteiga, e esperava a noite.

Sim, porque o frango era servido precisamente às sete horas da noite. E a freguesia, naturalmente, era grande. A partir das 6 e meia começava a chegar o pessoal que, como quem não quer nada, espiava para as mesas e ficava por ali, esperando lugar – pois o frango era pouco e ninguém queria correr o risco de degradar seu domingo. Às 7 em ponto, o garçom anunciava:

– Atenção, pessoal, vai sair o tite!

Seguia-se o rebuliço das últimas disputas e arranjos: "Dá licença de botar uma cadeira a mais na sua mesa?" "Mas já tem cinco." "Se não, vou perder o frango..." "Deixa o rapaz sentar." E lá vinha, em pratos feitos que fumegavam por cima de nossa cabeça, na bandeja do Jacinto, o frango com arroz, vendido inexplicavelmente por cinco pratas. Também, quinze minutos depois, quando mal acabávamos de devorar o último farelo do frango, já se ouvia, irônica, a voz do garçom:

– Acabou o tite! Agora só sopa de entulho!

O "tite"... Por que "tite"? Aquele domingo saí com essa pergunta na cabeça. O Jacinto não dizia "vai sair o frango", dizia "vai sair o tite"...

Manifestei minha estranheza aos companheiros de quarto e o Sá, que lia *Novos rumos,* retrucou com desprezo:

– Curiosidade pequeno-burguesa. Vê se algum operário, podendo comer frango por cinco pratas, vai-se preocupar com a gíria do garçom!

O Sá tinha razão. Tratei de esquecer o problema e fomos, mais uma vez, ao frango do China, ao tite com arroz. Mas eu vivia os meus últimos domingos de glória, pois, pouco mais tarde, deparei com o Jacinto tomando Hidrolitol, no Largo da Lapa, e não resisti.

— Tite é o seguinte — explicou-me ele. — O senhor Shio, dono do restaurante, faz as compras da semana todo domingo na feira do Largo da Glória. Os frangos e galinhas são trazidos em engradados, se machucam na viagem e alguns chegam na feira morre-não-morre. O senhor Shio, sabendo disso, vai logo perguntando pros feirantes: "Tem galinha tite? Tem galinha tite?" E assim — continuou Jacinto — compra tudo o que é galinha triste que há na feira. Umas estão apenas tristes, outras já morreram de tristeza, mas o chinês compra assim mesmo. E justifica: "Vai moler mesmo!" — disse Jacinto, soltando uma gargalhada. Eu ri também, mas sem achar a mesma graça. Dentro de meu estômago, acabara de se converter em tristeza a euforia de tantos jantares dominicais, a cinco cruzeiros velhos, velhíssimos. Quando contei a história ao pessoal, o Sá me fuzilou com os olhos: "Você é um estraga-jantares!"

Fez-se um longo silêncio naquele anoitecer de domingo. O Sá falou finalmente:

— Bem, vamos à sopa de entulho!

OS AFORISMOS
DA CRASE

"*A* crase não foi feita para humilhar ninguém" – esse aforismo que escrevi em 1955 ganhou popularidade e terminou sendo atribuído a vários escritores, menos a mim: a Paulo Mendes Campos, Rubem Braga, Otto Lara Resende e até a Machado de Assis. E de pouco adiantou a probidade desses escritores (os vivos, naturalmente), apontando-me como o verdadeiro autor do aforismo que àquela altura já passava a ser atribuído a autores estrangeiros... Nesse particular, aliás, eu não dou sorte. Num encontro aqui no Rio com García Marquez, na casa de Rubem Braga, contaram-lhe que quando me perguntam se sou Ferreira Gullar, tenho a mania de responder: "Às vezes". E o faço por uma razão simples: tenho dois nomes, o outro, de batismo, é José de Ribamar Ferreira. E também porque nem sempre sou capaz de escrever os poemas que o Gullar escreve... ainda que maus. Pois bem, não é que o García Marquez chegou em Portugal e, numa entrevista, atribuiu essa minha frase a Jorge Luis Borges? É claro que tais confusões só me lisonjeiam.

Mas a verdade é que certo dia me vi induzido a escrever uma série de aforismos sobre a crase, esse grave problema ortográfico e existencial que boa parte dos escritores, jornalistas e escrevinhadores em geral não conseguem resolver.

A crase tornou-se assim um pesadelo nacional. Hoje menos, porque já ninguém sabe o que é escrever certo ou errado. Mas, naqueles idos de 1955, as pessoas tremiam diante de certos "aa". Talvez por isso o meu aforismo teve tão boa acolhida e rapidamente espalhou-se pelo país.

A mania de forjar aforismos eu a adquiri dos surrealistas, que criaram obras-primas como: "Bate em tua mãe enquanto ela é jovem". Em 1955, no suplemento literário do *Diário de Notícias,* publiquei os meus "Aforismos sobre a crase", antecipados de uma introdução que não vou transcrever aqui porque não tenho comigo o recorte, extraviado em alguma das tantas pastas que guardo no armário do escritório. Os aforismos, tentarei relembrá-los e reconstituí-los. Vamos a eles.

A crase não foi feita para humilhar ninguém.

Maria, mãe do Divino Cordeiro, craseava mal, e o Divino Cordeiro, mesmo, não era o que se pode chamar um bamba da crase.

Zaratustra, que tudo aprendeu com os animais do bosque, veio aprender crase numa universidade da Basiléia.

Quem tem frase de vidro não atira crase na frase do vizinho.

Frase torcida, crase escondida.

Antes um abscesso no dente que uma crase na consciência.

Uns craseiam, outros ganham fama.

Os campeões da crase quando erram ditam leis.

Os ditadores não sabem que em frases como a bala *ou* à bala *é indiferente crasear ou não.*

Oh!, Univac, que craseais sem pecado, craseai por nós, que recorremos a vós!

Nota: Univac era o computador mais avançado da época. Anos depois, abro uma revista e lá está um anúncio de página inteira: "A crase não foi feita para humilhar ninguém – computadores IBM". Não me pediram permissão para usar o aforismo, claro, porque ninguém sabia de quem era. E eu estava clandestino, foragido da ditadura, sem poder botar a cabeça de fora. Não me atrevi a cobrar os meus direitos autorais. Mas a IBM bem podia, agora que estamos em plena democracia, pagar o que me deve...

O GALO

*D*e certos assuntos não gosto de falar, por implicarem demais minha desinteressante pessoa. Falo de Kruchev, de Brasília, de censores, vereadores, roedores. Mas a política não é o meu forte e, além do mais, tais assuntos requerem indignação e profecia – duas coisas desagradáveis. Caio em mim.

Quando publiquei – faz oito anos – num jornal do Rio um poema sobre a morte de uma galinha, gozaram-me em rádio e jornal: fui intitulado "poeta de galinheiro". O que não só é verdadeiro como altamente elogioso para quem, como eu, vive preso aos quintais da infância. Como disse Murilo Mendes, parafraseando São João, a poesia sopra onde quer. Ou não sopra. Enfim, já escrevi tanto sobre galos e galinhas que não me custa nada voltar ao assunto.

Foi num sanatório de Correas. Eu estava debruçado na janela olhando os canteiros cheios de flores vermelhas. Creio que essas flores são vulgarmente chamadas de crista-de-galo, e na verdade parecem cristas. Olhava-as e pensava nisso, divagava sobre as relações entre o reino animal e o vegetal: duas cristas, a da planta e a do bicho, semelhantes na aparência, mas que diferença no fundo. As flores murcham pacificamente, liricamente; a crista de galo, mergulhada na trágica condição animal, apodrece na sua tessitura de urina e pânico. As palavras que me passavam pela cabeça podiam não ser exatamente essas, mas...

E eis que diviso, entre as folhas, um galo imóvel, com sua crista vermelha à altura das flores, medindo-se com elas, como para ilustrar meu pensamento. Logo compreendi que se tratava de um equívoco. Sorri, de mim para mim, divertindo-me com o erro de percepção a que me levara o pensamento. Mas a realidade é mais louca do que nós e, nem bem me instalara em minha nova certeza, as folhas se movem e o galo sai de entre elas: o coração bateu forte, a máquina conceitual entrou em pane.

Tentei comunicar essa emoção num poema, que ninguém entendeu. Esta crônica todo mundo entenderá. Mas eu prefiro o poema – escuro e doido como a realidade. Por falar nisso, a quanto está o dólar?

A ESTANTE

Naquele novo apartamento da rua Visconde de Pirajá pela primeira vez teria um escritório para trabalhar. Não era um cômodo muito grande mas dava para armar ali a minha tenda de reflexões e leitura: uma escrivaninha, um sofá e os livros. Na parede da esquerda ficaria a grande e sonhada estante que caberia todos os meus livros. Tratei de encomendá-la a seu Joaquim, um marceneiro que tinha oficina na rua Garcia D'ávila com Barão da Torre.

O apartamento não ficava tão perto da oficina. Era quase em frente ao prédio onde morava Mário Pedrosa, entre a Farme de Amoedo e a antiga Montenegro, hoje Vinicius de Moraes. Estava ali há uma semana e nem decorara ainda o número do prédio. Tanto que, quando seu Joaquim, ao preencher a nota da encomenda, perguntou-me onde seria entregue a estante, tive um momento de hesitação. Mas foi só um momento. Pensei rápido: "Se o prédio do Mário é 228, o meu, que fica quase em frente, deve ser 227". Mas lembrei-me de que, ao ir ali pela primeira vez, observara que, apesar de ficar em frente ao do Mário, havia uma diferença na numeração.

— Visconde de Pirajá 127 — respondi, e seu Joaquim desenhou o endereço na nota.

— Tudo bem, seu Ferreira. Dentro de um mês estará lá sua estante.

– Um mês, seu Joaquim! Tudo isso? Veja se reduz esse prazo.

– A estante é grande, dá muito trabalho... Digamos, três semanas.

Contei as semanas. Não via chegar o momento de ter no escritório a estante sonhada, onde enfim poderia arrumar os livros por assunto e autores. E, mais que isso, sentir-me um escritor de verdade, um profissional, cercado de livros por todos os lados. No dia da entrega, voltei do trabalho apressado para ver minha estante.

– Como é, veio? – perguntei ao entrar.

– Veio o quê?

– Como o quê? A estante!

Não viera. Seu Joaquim não cumprira com a palavra empenhada, ah português filho da... Telefonei para ele sem dissimular, no tom da voz, minha irritação. E ele:

– Como não cumpri? Andei com dois homens de cima para baixo da rua e não encontrei o tal número que o senhor me indicou. Não existe na rua Visconde de Pirajá o número 127, senhor Ferreira.

Fiquei sem ação. Dera a ele o número errado.

– Diga-me o número certo e sua estante estará em sua casa amanhã mesmo.

Fiquei sem palavra. Se não era 127, qual número seria? Não era 227, disso tinha certeza... E o Joaquim ao telefone:

– Qual o número, seu Ferreira?

– É 217, seu Joaquim... É isso, 217.

– Muito bem, 217. Já anotei. Amanhã terá sua estante.

Não tive. Ao chegar em casa e verificar que a estante não estava lá, concluí que havia dado de novo o número errado ao marceneiro. E corri para o telefone a fim de me desculpar.

– Seu Joaquim, é o senhor Ferreira... da estante.

– O senhor está querendo brincar comigo?

Fui tomado por um frouxo de riso, enquanto seu

Joaquim, indignado, dizia que não ia mais entregar estante nenhuma, que eu fosse buscá-la, pois já era a segunda vez que subira e descera a Visconde de Pirajá, carregando aquela estante enorme etc. etc. ...

DUAS E TRÊS

Levei um susto quando aquela voz soprou na minha nuca:

– Se tu é bom, mata essa: "Não durmo no Rio porque tenho pressa, duas e três".

Voltei-me para ver quem falava. Era um homem quarentão, alto e gorducho, de roupas imundas, rasgadas, e cara encardida. Uma cara simpática de gângster regenerado. Ele ria:

– Mata essa, vamos!

Era de manhã cedo, em junho, e fazia um frio agradável. Acordara e, sem ter para onde ir, sentei-me naquele banco da praça Floriano, em frente à Biblioteca Nacional, à espera de que ela abrisse. Meu velho terno marrom esfiapava nas mangas, o sapato empoeirado, a barba por fazer. "Esse homem está me tomando por um vagabundo", pensei comigo. E achei divertido.

– Matar o quê?

– A charada, meu besta!

O velho se debruçava em cima de mim, com um riso gozador. Fedia a suor e molambo. Afastei-o um pouco, com o braço e, meio sem saber o que fizesse, acedi.

– Como é mesmo a charada?

– Só repito esta vez, tá bom? "Não durmo no Rio porque tenho pressa, duas e três."

Sempre fui um fracasso para matar charadas. Fiz um esforço para penetrar nas palavras, mas em vão.

– Digo mais – esclareceu-me o vagabundo. – Chaves: "Não durmo" e "Rio". Conceito: "pressa"... Mas você é burro, hein?

Donde diabo viera aquele camarada impertinente, para me obrigar a resolver uma charada àquela hora da manhã? Mas meu orgulho estava em jogo. Pensava e o pensamento escapulia.

– Não consigo decifrar. Não me amola.

– Então você perdeu.

– É, perdi.

– Então paga.

– Paga o quê?

– Duas pratas, meu Zé. Você perdeu!

Era incrível. Comecei a rir. Ele também ria e dizia: "Paga, duas pratas". Dei-lhe uma cédula de dois cruzeiros e fiquei ali rindo enquanto ele se afastava arrastando seus sapatos furados.

Semanas depois, estava eu no Passeio Público, quando ele veio com a mesma conversa, como se nunca me tivesse visto. "Mata essa: não durmo no Rio, porque tenho pressa, duas e três." Respondi-lhe em cima da bucha: "Não durmo, velo; no Rio, cidade: velocidade". Ele ficou desapontado. "Você perdeu", disse-lhe eu. "Paga duas pratas." Olhou-me sério, meteu a mão no bolso e estendeu-me duas notas imundas. Fomos tomar juntos um café na Lapa.

SOLIDARIEDADE

Décio, poeta e filósofo radical, vive desde menino as contradições da condição humana. No quintal de sua casa, no Andaraí, observou uma turma de saúvas devastando uma planta. Com pena da planta, tratou de espantar as saúvas mas, com cuidado, para também não machucá-las. Pegava-as uma por uma e ia arrancando-as da pobre planta já bastante mutilada. Só que as saúvas eram muitas e não estavam dispostas a desistir de sua tarefa: enquanto tirava esta aquela subia pelo caule, outra decepava um talo, outra fugia carregando um pedaço de folha, e a que ele tirara antes já voltava à planta. Nervoso e já perdendo a paciência, Décio compreendeu que a única maneira de salvar a planta era matar as saúvas. Diante dessa constatação, desistiu: por que haveria de salvar uma vida e eliminar muitas outras? Abandonou a planta à sanha das saúvas que, com mais rapidez ainda, a devastaram. É, pensou Décio, não tenho que intervir nesse processo natural, as saúvas também precisam de comer e, se não comerem plantas, morrerão de fome. Esse incidente contribuiu para mostrar-lhe a dura realidade da vida: um comendo o outro.

Mas isso não o tornou menos solidário com as pessoas e os seres que necessitam de ajuda. Ou seja, em lugar de fugir das contradições, Décio mergulha nelas, enfrenta-as como um Quixote, e sofre-lhes as conseqüências. Assim é que, numa viagem de ônibus do Rio para São Paulo, sentado no último banco, suportou sem reclamar a companhia de um bêbado que ora roncava, ora jogava-se sobre seu ombro, ora caía em seu colo e terminou por vomitá-lo todo. Finda a viagem, Décio, preocupado com seu incômodo companheiro de viagem, desceu com ele do ônibus, perguntou-lhe o endereço e o pôs atenciosamente num táxi.

Certa tarde, a mãe lhe pediu que fosse à rua fazer algumas compras para o jantar. Na esquina adiante, Décio vê caído na calçada um homem que ele, dias atrás, levara até o pronto-socorro do hospital Moncorvo Filho, ali perto: bêbado, ele sangrava com a testa quebrada. Agora, estava ali outra vez, de porre, o esparadrapo na testa. Décio aproximou-se, ajudou-o a se erguer e o aconselhou a ir para casa. O homem, que mal se mantinha em pé, apoiou-se no ombro de Décio. – Onde mora? – perguntou ele ao bêbado. – Ali. – Vou levar você lá – disse Décio, agarrando o homem de modo a poder conduzi-lo. Mal atravessaram a rua, o homem quis entrar no boteco em frente. Décio cedeu, ele pediu duas cachaças, sendo que uma era para o Décio, que não bebe nem chope. – Vai beber, compadre, ou não é meu amigo! Que remédio! Décio deu uma bicada na cachaça ordinária, cuspiu, esperou que o outro engolisse a sua dose e o arrastou para fora do botequim, depois de pagar a bebida com o dinheiro das compras, que, de seu, não tinha um tostão no bolso.

Para encurtar a conversa, chegaram na casa assobradada e velha onde morava o bêbado. Subiu com ele por uma escada íngreme como o Monte Santo, num esforço sobrehumano para evitar que seu protegido rolasse escada abaixo. Ao final da subida, deparou com um cômodo todo dividido por tabiques, lençóis estendidos e folhas de jornal, constituindo os diversos "quartos" onde moravam os hóspedes. Mas, no momento, quase todos em cuecas ou nus da cintura pra cima, formavam rodas de jogo: baralho, dama ou dominó. E o bêbado entendeu de apresentar o Décio a todos os presentes, interrompendo-lhes a jogatina. Era repelido com palavrões. Décio, constrangido, pedia desculpas pelo outro. Até que, não se sabe ao certo por quê, a casa foi invadida por policiais armados que levaram todo mundo em cana, inclusive Décio, que não pôde explicar o que fazia naquele antro de marginais.

SAPATOS NOVOS

A situação estava razoavelmente sob controle: se minha condição de extramensalista do IAPC me sujeitava a um salário baixo, o cartão falso de estudante, que me permitia almoçar no Calabouço por dois cruzeiros, aliviava a barra. Uma vaga de quatro na pensão da rua Carlos Sampaio não custava muito. E ainda havia os trocados que pingavam da colaboração eventual no suplemento literário do *Correio da Manhã* ou do *Diário de Notícias*. O meu único terno, comprado a prestações num alfaiate da rua do Resende, estava pago. O problema grave no momento eram os sapatos, cujos solados gastos já me deixavam sentir diretamente no pé a aspereza das calçadas do Rio. Em bom português: estavam furados.

Por isso mesmo, não resisti ao ver, na vitrine de uma sapataria da Lapa, um par de sapatos por 150 cruzeiros. Maravilha! Hoje, após tantos cortes de zeros no cruzeiro e até a mudança do nome da moeda, será difícil para o leitor avaliar o preço desses sapatos. Mas eram baratos, sem dúvida alguma. Entrei, experimentei-os e decidi que devia comprá-los, embora estivessem um pouco apertados. Um pouco, foi o que disse a mim mesmo, porque aquela pechincha era minha salvação.

Estavam de fato muito apertados, tanto que, ao chegar à redação da revista do IAPC, onde trabalhava, ali na rua

Alcindo Guanabara, meus pés ardiam em brasa. Com alívio, tirei-os dos pés e calcei de novo os sapatos furados que, providencialmente, trouxera comigo. Fui até o banheiro, molhei bem os sapatos novos e deixei-os ali, certo de que, quando secassem, estariam mais macios. Era verão e foi sob um sol de fogo que caminhei até o Calabouço para almoçar aquele dia. À tarde dei uma volta pelas livrarias, só pra ver os livros, e à noite tomei o meu cuba-libre com os amigos no então famoso Vermelhinho, em frente à ABI (Associação Brasileira de Imprensa). Dormi pensando em meus sapatos novos.

Acordei pensando neles. Certamente ia poder calçá-los agora. Quase aflito, rumei para o IAPC, subi de elevador, abri a porta da repartição, dirigi-me ao banheiro onde deixara os sapatos sobre a pia. E lá estavam eles, secos, melhor dizendo: ressequidos, isto é, duros, rijos como casco de burro. Mesmo assim, tratei de calçá-los, o que só consegui com enorme esforço. "Pronto", disse, terminando de lhes amarrar o cordão. Meu pé soltava faísca espremido ali dentro. Senti que não conseguiria dar um passo. Só há um jeito, pensei, e fui logo à prática: bati violentamente com o pé calçado no chão para forçar o couro a alargar-se. Foi uma patada só e o sapato explodiu.

SUPERSTIÇÃO
E CIÊNCIA

A imprensa noticiou recentemente que um grupo de médicos italianos e argentinos descobriu que a causa da ejaculação precoce não é psicológica mas fisiológica. A descoberta se deu por acaso, quando a equipe tratava alguns homens com problemas intestinais: os pacientes contaram aos médicos que, com a medicação que tomavam, conseguiam retardar a duração do orgasmo. E descobre-se então estar o fator decisivo na ação da dopamina, substância bioquímica que atua sobre o sistema nervoso central.

É uma notícia alvissareira, não apenas para quem tem o problema, mas também para os que acreditam na capacidade da ciência médica de chegar às verdadeiras causas das doenças. Trata-se de uma vitória contra uma série de opiniões equivocadas, que muitas vezes têm graves conseqüências na vida das pessoas. Eu mesmo vivi um drama quando um filho meu foi tomado por um surto esquizofrênico, durante meu exílio em Buenos Aires. Numa reunião com os médicos fiquei surpreso ao ouvir deles que eu e minha mulher éramos os verdadeiros responsáveis pela doença do nosso filho. "O problema é social e familiar", garantiram os psiquiatras. E eu lhes respondi: "Neste caso, os senhores deviam mandar o rapaz de volta pra casa e nos internar, a mim e a minha mulher".

Mais tarde, conversando com um desses médicos perguntei-lhe por que razão todos os órgãos do corpo humano – o coração, o pulmão, os rins... – são suscetíveis de adoecer e o cérebro não. Por que a esquizofrenia não pode ter causa fisiológica como a diabetes ou as hemorróidas? Ele não soube responder. Na verdade, os remédios com que eles tratavam os pacientes – haldol, aloperidol – tinham surgido de uma experiência semelhante à da ejaculação precoce, que mencionei acima. O médico de uma mulher esquizofrênica percebeu que o remédio usado no tratamento dos rins ou do coração (não me lembro) melhorava o seu estado psíquico. Assim descobriu-se o amplictil, base da medicação psiquiátrica moderna que acabou com a camisa-de-força e com a "solitária" nos hospitais psiquiátricos. Apesar disto, muita gente "de esquerda" ainda continua a afirmar que o doente mental é um "dissidente" e o haldol "uma camisa-de-força interna". Mas, felizmente, não deixam de receitá-lo.

Na verdade é difícil vencer os preconceitos e as superstições, especialmente se travestidos de avanços ideológicos ou filosóficos. Quando se trata de dogma religioso, então, a coisa pode chegar às raias do absurdo. Sabe-se agora que o Vaticano tem ensinado à população africana que a camisinha não impede a transmissão do HIV, pondo assim em jogo a vida de milhões de pessoas apenas para se manter fiel a seus dogmas. O mesmo sectarismo religioso tem impedido o controle do crescimento populacional, sob a alegação de que todos "têm o direito de participar do banquete da vida". Só que a maioria dos que nascem é pobre e está condenada a morrer de fome.

Apesar de tudo, a ciência avança. Eu mesmo sofri ao longo da vida de má digestão, azia e dores no estômago. "É gastrite", diagnosticou o médico, e passou-me remédios que aliviavam as dores mas não me curavam. "O problema é que o senhor vive sempre tenso e isso provoca a gastrite", explicou ele. Tudo conversa fiada. Finalmente descobriu-se que a causa da gastrite é uma bactéria chamada *Helicobacter pylori*. Fiz o teste, tomei uma batelada de comprimidos e em um mês estava curado. Nunca mais senti azia nem dores no estômago. Bendita medicina!

Não se conclua daí que as superstições e os mitos não servem para nada. Servem, mas não para curar esquizofrenia ou ejaculação precoce.

RAIZ DA INTOLERÂNCIA

Ninguém representa maior ameaça à liberdade do outro do que quem se considera dono da verdade. E a lógica que conduz da certeza inquestionável ao linchamento do discordante é simples: "se eu estou com a verdade e ele discorda de mim é que ele está com a mentira, e não se pode deixar que a mentira prospere". Logo, calar o mentiroso (ou o traidor da verdade) é um bem que se faz à pátria ou à humanidade ou a Deus ou ao partido.

Existem verdades de diferentes pesos e, conforme o peso, mais grave ou menos grave será o erro praticado pelo discordante. Por exemplo, se minha verdade consiste em afirmar que o futebol-arte é melhor que o futebol-força, o máximo que pode resultar disto serão algumas tiradas irônicas mas, se estou convencido de que minha seita é a única que incorpora a verdade do Cristo Salvador, aí o discordante está do lado do Diabo, a encarnação do Mal.

Até hoje me surpreendo com o que a igreja católica fez com os supostos hereges durante a Inquisição. Inventaram-se os mais sofisticados aparelhos de tortura para obrigar o acusado a confessar sua aliança com o Demônio. O coitado estava num beco sem saída: se não confessava era submetido a todo tipo de suplício; se confessava, era queimado vivo. Mal dá para acreditar que tais crueldades eram praticadas por religiosos, que pregavam a misericórdia e o amor ao próximo. Mas a coisa é de uma lógica simples e aterradora: exatamente por amarem a Deus e ao próximo, não podiam permitir que o herege fosse arrastado pelo Demônio às chamas eternas do inferno. Dentro desta perspectiva, a tortura e a morte na fogueira eram atos piedosos, a mais alta demonstração de amor ao próximo que a Igreja podia dar a seus filhos!

Pode parecer descabido falar hoje de uma coisa tão antiga quanto a Inquisição. Mas não é. O governo do Irã não condenou à morte, há poucos anos, o escritor Salman Rushdy por ter ·escrito um livro considerado ofensivo ao sagrado Corão? E o que é a fúria homicida de Bin Laden e seus seguidores senão a expressão da intolerância dos que julgam estar de posse da verdade divina? Mas não só a convicção religiosa intolerante conduz à necessidade de exterminar o "infiel". A convicção político-ideológica também. Há exemplo mais lamentável de intolerância e barbárie que o nazismo? E que dizer do stalinismo? Lembro-me do comentário de uma amiga minha, companheira no partido comunista, a propósito de notícia de que um escritor soviético dissidente tinha sido internado num manicômio.

– Tem que ser internado mesmo. Para discordar de um regime que só visa o bem do povo, o cara só pode estar louco.

Por isso é que o espírito crítico – e particularmente o autocrítico – é essencial. Sem ele não há tolerância e conseqüentemente não há democracia. E só pode ter espírito autocrítico quem admite não ser dono da verdade e, mesmo, que não existem verdades absolutas, inquestionáveis. Este, aliás, é o ponto principal e sobre ele gostaria de tecer algumas considerações.

Já escrevi aqui, mais de uma vez, que quem aceita a complexidade do real – do mundo, da vida – não pode ser sectário, não pode ser radical em suas convicções. Noutras palavras, só é sectário – dono da verdade – quem simplifica as coisas, ignora que todo problema contém diversos lados e contradições. Lidar com essa complexidade é, sem dúvida, difícil e desconfortável; muito mais cômodo é afirmar: "aquele sujeito é um imbecil" – em lugar de tentar entender as suas razões. Isto se vê a todo momento, especialmente nas discussões políticas. É a tática de desqualificação do outro. Em lugar de responder a seus argumentos, afirmo que ele é safado, desonesto, mau caráter.

Veja bem, quando digo que se deve ser tolerante e que não existem verdades absolutas, não estou pregando o abandono das convicções firmes e das atitudes éticas. Umas e outras devem ser fruto do conhecimento e da reflexão, os quais nos conduzirão inevitavelmente a reconhecer que a realidade excede nossa capacidade de abrangê-la integralmente. O conhecimento e a reflexão nos conduzem à modéstia e à tolerância. Quando perguntaram a Marx qual a virtude intelectual que mais admirava, ele respondeu: a dúvida.

TERROR

*E*is um assunto desagradável: o câncer. Não obstante, está diariamente em todos os jornais. Todos nós atravessamos, mais cedo ou mais tarde, uma fase de pavor do câncer, que nos faz perder o sono por causa de um simples e inofensivo sinal no pescoço. Inofensivo? Indagam os terroristas, ironicamente... e despejam sobre nossa ignorância uma massa de informações que a Campanha Contra o Câncer divulga insistentemente. Já houve quem me dissesse que esse pavor é necessário para os diagnósticos precoces, mas há quem prefira morrer de câncer a viver a vida inteira aterrorizado com ele. Para estes, o pavor do câncer é uma forma de contrair a doença. Não vou a tanto; prefiro contudo a negligência.

Apesar disso, não escapo aos terroristas. Como escapar? Os jornais me trazem, com o café da manhã, as hipóteses mais inesperadas. O fumo provoca câncer. O estrôncio provoca câncer, e o estrôncio vem no leite, na carne, nos legumes. Exame de Raio X também provoca câncer. Tais pontos de vista vêm sempre secundados pelo nome de cientistas categorizados. Por prevenção – e não podendo deixar de fumar, comer legumes, carnes e beber leite – decidi não ler mais notícias sobre o câncer, que já é provocado até pelo rádio e a televisão!

Mas saio do jejum ao ler um título de uma coluna num matutino: "O pão provoca câncer". Era demais. Mastigando uma torrada Petrópolis, devorei a notícia. Um cientista francês afirmara que os processos modernos do fabrico do pão podem provocar o câncer. Os padeiros franceses revoltaram-se, houve um debate entre padeiros e cientistas, ao fim do qual não se chegou a nenhuma conclusão objetiva. Senhores, o pão é ainda o símbolo da subsistência humana, sem entrar na simbologia religiosa. Se o pão – que estamos condenados a ganhar com o suor do nosso rosto – provoca esta terrível moléstia, nada mais resta fazer. Devo concluir que viver provoca câncer? É claro que provoca, mas vivamos mesmo assim.

E não esqueçamos da resposta daquele cientista suíço a um repórter brasileiro que fez a seguinte pergunta: "O Dr. Tal fez uma galinha fumar durante alguns meses e no fim desse tempo verificou que a galinha estava cancerosa. Que acha o senhor disso?" E o cientista: "Acho que galinha não deve fumar".

O MENINO E O
ARCO-ÍRIS

Era uma vez um menino curioso e entediado. Começou assustando-se com as cadeiras, as mesas e os demais objetos domésticos. Apalpava-os, mordia-os e jogava-os no chão: esperava certamente uma resposta que os objetos não lhe davam. Descobriu alguns objetos mais interessantes que os sapatos: os copos – estes, quando atirados ao chão, quebravam-se. Já era alguma coisa, pelo menos não permaneciam os mesmos depois da ação. Mas logo o menino (que era profundamente entediado) cansou-se dos copos: no fim de tudo era vidro e só vidro.

Mais tarde pôde passar para o quintal e descobriu as galinhas e as plantas. Já eram mais interessantes, sobretudo as galinhas, que falavam uma língua incompreensível e bicavam a terra. Conheceu o peru, a galinha-d'Angola e o pavão. Mas logo se acostumou a todos eles, e continuou entediado como sempre.

Não pensava, não indagava com palavras, mas explorava sem cessar a realidade. Quando pôde sair à rua, teve novas esperanças: um dia escapou e percorreu o maior espaço possível, ruas, praças, largos onde meninos jogavam futebol, viu igrejas, automóveis e um trator que modificava um terreno. Perdeu-se. Fugiu outra vez para ver o trator trabalhando. Mas eis que o trabalho do trator deu na banalidade:

canteiros para flores convencionais, um coreto etc. E o menino cansou-se da rua, voltou para o seu quintal.

Começou a cavar. Estava certo de que encontraria, ali, alguma coisa surpreendente. Cavou, cavou: achou uma rodela de metal, correu com ela para limpá-la e se decepcionou – era um níquel de 300 réis. Saiu de casa para cavar num terreno baldio e lá não encontrou nada mais que um caco azul de vidro de leite de magnésia. Acreditou, de início, tratar-se de fragmento de osso de algum animal estranho: osso de anjo? Não era.

O tédio levou o menino aos jogos de azar, aos banhos de mar e às viagens para a outra margem do rio. A margem de lá era igual à de cá. O menino cresceu e, no amor como no cinema, no comércio como na bebida, não encontrou o que procurava. Um dia, passando por um córrego, viu que as águas eram coloridas. Desceu pela margem, examinou: eram coloridas!

Desde então, todos os dias dava um jeito de ir ver as cores do córrego. Mas quando alguém lhe disse que o colorido das águas provinha de uma lavanderia próxima, começou a gritar que não, que as águas vinham do arco-íris. Foi recolhido ao manicômio. E daí?

DA LEI

Aquele acreditava na lei. Funcionário do IAPC, sabia de cor a Lei Orgânica da Previdência. Chegava mesmo a ser consultado pelos colegas sempre que surgia alguma dúvida quanto à aplicação deste ou daquele princípio. Eis que um dia nasce-lhe um filho e ele, cônscio de seus direitos, requer da Previdência o auxílio-natalidade. Prepara o requerimento, junta uma cópia da certidão de nascimento da criança e dá entrada no processo. Estava dentro da lei, mas já na entrada a coisa enguiçou.

— Não podemos receber o requerimento sem o atestado do médico que assistiu a parturiente.

— A lei não exige isso — replicou ele.

— Mas o chefe exige. Tem havido abusos.

Estava montado o angu. O rapaz foi até o chefe, que se negou a receber o requerimento.

— Vou aos jornais — disse-me o crédulo. — Eles têm de receber o requerimento, como manda a lei.

Tentei aconselhá-lo: a Justiça é cega e tarda, juntasse o tal atestado médico, era mais simples.

— Não junto. A lei não me obriga a isso. Vou aos jornais.

Foi aos jornais. Aliás foi a um só, que deu a notícia num canto de página, minúscula. Ninguém leu, mas ele fez a notícia chegar até o chefe que, enfurecido, resolveu processá-lo:

a lei proíbe que os funcionários levem para os jornais assuntos internos da repartição.

– Agora a lei está contra você, não?

– Não. A lei está comigo.

Estava ou não estava, o certo é que o processo foi até a Procuradoria e saiu dali com o seguinte despacho: suspenda-se o indisciplinado.

Era de ver-se a cara de meu amigo em face dessa decisão. Estava pálido e abatido, comentando a sua perplexidade. Mas não desistiu:

– Vou recorrer.

Deve ter recorrido. Ainda o vi várias vezes contando aos colegas o andamento do processo, meses depois. Parece que já nem se lembra do auxílio-natalidade – a origem de tudo – e brigará até o fim da vida, alheio a um aforismo que, por ser brasileiro, inventei: "Quem acredita na lei, esta lhe cai em cima".

O DIABO E O
MAGRO

O Diabo, na minha opinião de leigo (quem entende do assunto é Luís Santa Cruz), "acontece" sempre que uma coincidência desagradável se repete além de nossa capacidade de admitir o fenômeno. Por exemplo: um britador que funciona debaixo de sua janela e que aumenta o barulho toda vez que você tem alguma coisa a dizer a alguém do outro lado da sala. Você pega o jornal e finge que lê, esperando uma chance. O britador pára, mas nem bem você abre a boca de novo, ele recomeça ensurdecedor. Você pára, ele pára. Você espera, ele espera... De novo os dois recomeçam e ao mesmo tempo como se obedecendo à batuta de um regente invisível. Esse regente é o Diabo.

Assim sofria eu de uma coincidência diabólica: toda vez que no lotação havia um lugar vago no meu banco (eu que sou magrinho) e entrava um passageiro gordo – desses de fazer escada de pedra ranger –, sentava-se ele a meu lado. É fácil avaliar minha situação, oprimido entre a janela e a massa do companheiro de viagem e ainda por cima percebendo um sorriso de mofa em cada passageiro: "o gordo e o magro", "espeto e bolão"... Todos deviam estar pensando coisas assim.

Durante meses sofri com essa inelutável coincidência: se havia lugar a meu lado e entrava um gordo – mesmo que houvesse vários bancos com lugar –, o gordo escolhia o meu. Até fechava os olhos ou fingia olhar para o céu, quando o bichão se aproximava. Depois ouvia um ranger de molas e uma força me comprimindo, o banco menor, menor e eu afinando mais ainda. Irritado com essa perseguição, fui a um amigo bem gordo e pedi-lhe uma explicação possível: "É que, sendo magro, você deixa mais lugar a eles que os outros passageiros". Fiquei besta com a simplicidade da coisa. E não era isso mesmo!?

Hoje estou conformado e quase orgulhoso de saber que um gordo que entra no lotação em que vou tem de sentar-se a meu lado. Já até o espero com simpatia e suporto resignado a opressão. Afinal esta minha magrém está servindo para alguma coisa.

VERÃO

Aqui estou, neste esplendente dia de verão, reduzido ao meu corpo. Sem passado, sem sonho, sem fuga. Presente em minhas unhas, em minha pele, em meus cabelos. Eu e os demais habitantes de outubro coroado. Uma onça – não sei se já repararam – não tem costura. O verão, essa pantera, também não tem. E dentro dele estamos nós, prisioneiros de uma jaula feliz. O verão não tem municípios, nem governo, nem câmara, nem eleições. Está deitado ao lado do mar e aos pés da montanha selvagem. Azul e verde, sal e clorofila.

É possível que a esta hora dois ou três homens estejam matando alguém numa casa vizinha. Mas, pela minha janela, vejo os edifícios e uma árvore próxima cujas folhas começam a amarelecer. Nada perguntamos um ao outro, eu e a árvore. Nos vemos e nos contentamos com isso: com nossa presença mútua sob o céu estridente. A brisa que sopra ocasional move as folhas e as roupas dependuradas na minha janela, e num mesmo movimento vacilam os ramos e voam os passarinhos. O mundo hoje não precisa de explicação.

Os livros, por sua vez, parecem pertencer a outra cidade. Mesmo os que ainda não abri e que vejo sobre a escrivaninha com suas folhas intactas, são antigos. Sei que um branco fogo dorme nas suas páginas e que o nosso corpo, querendo, poderá acendê-lo. Mas para que acendê-lo nesta claridade ilimitada? Em meio ao verão, a chama da literatura bruxuleia e se apaga. Não se precisa de chave para abrir o mundo quando ele se dá a nós, escancarado, sem espessura e sem sombras. O verão dos livros é eterno, pode esperar. O efêmero verão do dia 25 de outubro de 1960 trepida à nossa volta, urgente.

E no mais é aquela bandeja com frutas na mesa da sala. Dentro delas também arde uma flama – fresca e alimentícia. São o outro prato da balança solar. Não estão ali para ser pintadas, mas para que um homem as coma. E esse homem, por acaso, sou eu. Aliás, como aconselham os médicos: fruta e refresco, sombra e água fresca.

FAQUIR

Quase ninguém estava interessado no jejum do faquir Igor Ahasmahad Rubinsky, que prometera, de livre e espontânea vontade, passar mais de 51 dias sem comer. Mal, porém, corre o boato que o homem fora pegado comendo um bife com fritas e o pessoal todo, que se mantinha indiferente ao jejum de Rubinsky, invade-lhe o "templo" e quebra tudo que encontra. Só não lhe quebraram os ossos porque a polícia chegou e prendeu o jejuador profissional.

Metade da população, pelo menos, sentiu-se ofendida com o jantar de Rubinsky, como se fosse ele o único homem desta cidade a saborear um filé no dia do mártir de nossa independência. Nas esquinas, nos bares, nos lotações comentava-se: "Trata-se de um glutão". Ou: "Bem disse a minha mulher que o homem de barba e óculos escuros que comia, semana passada, no 'Alemão', era o faquir Rubinsky". Alguns comentários eram extremamente cruéis: "Se estivesse lá, dava-lhe tanto murro na boca do estômago que ele havia de botar pra fora o bife que comeu. Ora vejam só, neste País nem mais os faquires cumprem a palavra empenhada!"

Na polícia Rubinsky foi interrogado:

— O bife estava bem ou mal passado?

— Não comi bife nenhum. Sou um faquir. Onde já viu o senhor um faquir comer bifes?

— Então foi angu à baiana.

Nunca fui à tenda de um jejuador para vê-lo minguar de fome, minuto a minuto, porque descubro qualquer coisa de morbidamente sexual, tanto da parte do faquir quanto do público, nesse exercício masoquista, que pede cobras e nome orientais como acessórios. Mas acredito em Rubinsky, ele não comeu. Aconselho a polícia a ler com atenção o conto de Kafka, "O campeão do jejum", onde o segredo dos faquires desta espécie se revela em toda a sua dramaticidade.

O jejuador de Kafka, esquecido do público e até do empresário, jejuava abandonado numa jaula de tigre, quando um dia o dono do circo o redescobre e o aconselha a sair dali e ir comer. "Ninguém mais está interessado em teu jejum", disse-lhe o empresário. Ao que o jejuador respondeu com voz débil de fome: "Não jejuo apenas para que eles vejam. Na verdade nunca encontrei uma comida que me apetecesse".

Não seria, pois, um reles filé com fritas que havia de levar Rubinsky a quebrar o seu jejum. Um prato de angu à baiana ainda vá lá!

PESSOA

ALBERTO CAEIRO – Uma rosa.

FERNANDO PESSOA – É tão bela que até parece existir.

CAEIRO – O que em ti pensa está sentindo, e tu pensas o que desejas sentir. A rosa existe.

PESSOA – A rosa, que vejo, existe... Fito-a. O que em mim sente está pensando: existe?

CAEIRO – É o mal dos metafísicos. Exigem que as coisas tenham sentido, quando elas não precisam de sentido para existir. Transformam o ser numa idéia e negam a existência pelo raciocínio.

RICARDO REIS – Enquanto vocês discutem, a rosa murcha. Prefiro colhê-la e lhe aspirar o perfume.

ÁLVARO DE CAMPOS – Ou não colhê-la... A idéia de colher a rosa é bem melhor que o ato de colher a rosa. E se basta. E tanto um quanto outro não são nada.

CAEIRO – É como dizia. Os metafísicos buscam o sentido oculto das coisas, mas o sentido oculto das coisas é elas não terem sentido oculto nenhum. As coisas são, e é o bastante.

PESSOA – Por um instante acredito no que dizes. Aceito-o mesmo... Mas, não! É um pensamento bom para se ter à hora da morte.

CAMPOS – Toda hora é a hora da morte. Que pensas tu que fazes a todo instante senão morrer? Se toda hora é a hora da morte e nenhum pensamento nos satisfaz, é porque nenhum pensamento vale a pena. Exceto este.

REIS – Tudo o que desespera está errado. Os deuses nos ensinam a impassibilidade. Se a rosa é bela, colhâmo-la, e a nossa vida terá tido um pouco mais de beleza e de perfume. De que vale pensar na morte, se isso não a elimina? Tenhâmo-la como certa e vivamos cada minuto como se fosse o último.

PESSOA – Como seria bom acreditar que este minuto é o último. Ou este, ou este...

CAMPOS – Espere, você contou três minutos e nem se passou um ainda. Esperemos um pouco, talvez ao fim deste minuto tudo se acabe.

PESSOA – Um minuto é tempo demais. Viver intensamente todo um minuto é quase o mesmo que a vida inteira. O que me manterá o mesmo por sessenta segundos?

REIS – Joguemos um pouco.

PESSOA – Não posso. Joguem vocês.

CAEIRO – Não sei jogar xadrez. As plantas não jogam e eu, como as plantas, não preciso escapar de mim.

PESSOA – Ninguém escapa de si, porque cada um é o prisioneiro e a prisão. Como seria bom poder deixar quem sou como se deixa um cárcere, e ir para o sol.

CAMPOS – É, mas quem pensa no sol não tem o sol. O sol que tens é esse que imaginas e que perderias quando saísses à rua e o sol da rua te batesse na pele.

PAIS E FILHOS

A televisão transmite a cara e a voz de alguém que fala, entre outras coisas, em "povo brasileiro". O menino pergunta:
– Mamãe, você é povo brasileiro?
– Sou, todo mundo que mora no Brasil é povo brasileiro.
– Todo mundo, não. Eu não sou povo brasileiro.
A irmã pretende ter entendido:
– Mamãe, ele está dizendo que não é polvo, aquele bicho cheio de pernas.
– Não estou dizendo isso, não! – protesta o menino. Não sou povo porque sou criança. Criança não é povo!

A família está reunida: pai, mãe, dois filhos. A menina tem quatro anos, o menino três. A conversa naturalmente gira em torno de um assunto permanente – a bomba atômica; e outro circunstancial – Papai Noel.

Menino – A bomba *tônica* mora numa casa de fumaça. Ela é grande, ela morde.

Menina – Mas ela só morde a gente. Ela não morde as outras bombas atômicas.

Pai – Por quê?

Menina – Ora, seu bobão, porque ela é igual às outras, não vai morder as amigas dela.

A menina e o menino saem correndo da sala, ninguém sabe por quê. Ouve-se um barulho de coisas caindo no quarto deles. Daí a pouco voltam os dois batendo nos baldes de praia. A menina pula e repete aos berros:

— Papai Noel é contra os anjos! Papai Noel é contra os anjos!

Mãe e pai entreolham-se espantados. Donde essa menina tirou isso?

— Vem cá, minha filha, que é que você está dizendo?

— Estou dizendo que Papai Noel é contra os anjos (fala sem parar de bater no balde, não se ouve direito).

— Por que Papai Noel é contra os anjos? — pergunta a mãe.

— Dia de Natal não é quando Deus faz anos? — diz a menina.

— É.

— Então? Por isso Papai Noel é contra os anjos!

— Ah, exclama a mãe, ela está dizendo que Papai Noel faz anos.

A garota pára de bater no balde e fita a mãe, enfurecida:

— Nada disso, sua boba! Estou dizendo que Papai Noel é contra os anjos. Vocês são dois bobões e não sabem de nada!

E a farra continua:

— Papai Noel é contra os anjos! Papai Noel é contra os anjos!

A menina de quatro anos finge que lê numa tampa de caixa de sapatos:

— Para ser feliz no casamento é preciso: obediência, estudança, trabalhoso, saber cozinhar, ter um pai bonzinho que dá muitos presentes, ir à igreja e acreditar no céu.

O garoto menor foi ao Jardim Zoológico e ficou muito impressionado com o surrealismo da realidade: a girafa, a arara, o urso, a leoa e sobretudo o hipopótamo.

— Que que você achou do hipopótamo?

— Ele estava preso, não podia me pegar.

— Sim, mas que tal ele é?

— Ele é um pouco gordo, sabe? E tem uma boca assim grande que faz ele parecer um popota.

A mãe diz à menina:

— Olha, eu sou danada, sou pior que o Lobo Mau. Como criança de qualquer tamanho.

— Mais danada sou eu que como o céu azul e fico toda brilhando.

Ou inventa uma história:

— Era uma vez uma menina tão linda que o nome dela era Caminho das Margaridas...

PASSARINHOS

Não sei se leram os poemas selecionados como os melhores do I Salão Carioca de Arte Infantil. Se não leram, não sabem o que perderam, porque eu que os li tive momentos de alegria, de alegria alegre – entenderam? – não essa alegria triste de que falam as pessoas quando se referem aos altos prazeres estéticos...

O menino que tirou o primeiro lugar nos fala da "rosa brasileira", que é "diferente do anil/ que eu cheiro a noite inteira". Passa, daí, à sua mãe ("a flor maior do mundo") e depois ao seu tio que, no Exército, "já é um grande soldado". E assim o define:

> *Ele tem um cheirinho bom*
> *E é uma flor muito boa*
> *Ele podia ser*
> *Apenas uma pessoa*

Vera Lúcia gosta muito de andar de trem, principalmente quando vai a Caxias, porque visita a casa de sua tia. Afirma que lá é muito bom ("só é pena ter água de poço/ E também não é só isso/ Lá tem muito cheiro"). E passa a desancar a casa da tia:

Não sei como a titia pode agüentar aquele cheiro ruim
E também não é só isso
E também faz mal aos rins

Repararam que a construção sintática, o ritmo e tipo de rima "destoante" lembram o mais recente João Cabral?

Já o menino Fábio, de nove anos, é a própria delicadeza: fala da ovelha (que, decerto, conhece de fotos de revista). "Como é lindo seu filhote/ Que se compara a Jesus!/ Tão fofinho/ Tão tenrinho."

Luís Carlos fala das andorinhas, que anunciam a primavera, e já se sente aí alguma contrafação literária. Mas os versos de Sidney são de estontear:

Voam os passarinhos
Pelos campos verdejantes
Voam os passarinhos
Por não serem elefantes

SOBRE O AMOR

*H*ouve uma época em que eu pensava que as pessoas deviam ter um gatilho na garganta: quando pronunciassem – *eu te amo* –, mentindo, o gatilho disparava e elas explodiam. Era uma defesa intolerante contra os levianos e que refletia sem dúvida uma enorme insegurança de seu inventor. Insegurança e inexperiência. Com o passar dos anos a idéia foi abandonada, a vida revelou-me sua complexidade, suas nuanças. Aprendi que não é tão fácil dizer *eu te amo* sem pelo menos achar que ama e, quando a pessoa mente, a outra percebe, e se não percebe é porque não quer perceber, isto é: quer acreditar na mentira. Claro, tem gente que quer ouvir essa expressão mesmo sabendo que é mentira. O mentiroso, nesses casos, não merece punição alguma.

Por aí já se vê como esse negócio de amor é complicado e de contornos imprecisos. Pode-se dizer, no entanto, que o amor é um sentimento radical – falo do amor-paixão – e é isso que aumenta a complicação. Como pode uma coisa ambígua e duvidosa ganhar a fúria das tempestades? Mas essa é a natureza do amor, comparável à do vento: fluido e arrasador. É como o vento, também às vezes doce, brando, claro, bailando alegre em torno de seu oculto núcleo de fogo.

O amor é, portanto, na sua origem, liberação e aventura. Por definição, antiburguês. O próprio da vida burguesa não é o amor, é o casamento, que é o amor institucionalizado, disciplinado, integrado na sociedade. O casamento é um contrato: duas pessoas se conhecem, se gostam, se sentem atraídas uma pela outra e decidem viver juntas. Isso poderia ser uma coisa simples, mas não é, pois há que se inserir na ordem social, definir direitos e deveres perante os homens e até perante Deus. Carimbado e abençoado, o novo casal inicia sua vida entre beijos e sorrisos. E risos e risinhos dos maledicentes. Por maior que tenha sido a paixão inicial, o impulso que os levou à pretoria ou ao altar (ou a ambos), a simples assinatura do contrato já muda tudo. Com o casamento o amor sai do marginalismo, da atmosfera romântica que o envolvia, para entrar nos trilhos da institucionalidade. Torna-se grave. Agora é construir um lar, gerar filhos, criá-los, educá-los até que, adultos, abandonem a casa para fazer sua própria vida. Ou seja: se corre tudo bem, corre tudo mal. Mas não radicalizemos: há exceções – e dessas exceções vive a nossa irrenunciável esperança.

Conheci uma mulher que costumava dizer: não há amor que resista ao tanque de lavar (ou à máquina, mesmo), ao espanador e ao bife com fritas. Ela possivelmente exagerava, mas com razão, porque tinha uns olhos ávidos e brilhantes e um coração ansioso. Ouvia o vento rumorejar nas árvores do parque, a tarde incendiando as nuvens e imaginava quanta vida, quanta aventura estaria se desenrolando naquele momento nos bares, nos cafés, nos bairros distantes. À sua volta certamente não acontecia nada: as pessoas em suas respectivas casas estavam apenas morando, sofrendo uma vida igual à sua. Essa inquietação bovariana prepara o caminho da aventura, que nem sempre acontece. Mas dificilmente deixa de acontecer. Pode não acontecer a aventura sonhada, o amor louco, o sonho que arrebata e funda o paraíso na terra. Acontece o vulgar adultério – o assim chamado –, que é quase sempre decepcionante, condenado, amargo e que se transforma numa espécie de vingança contra a mediocridade da vida. É como uma droga que se toma para curar a ansiedade e reajustar-se ao *status quo*. Estou curada, ela então se diz – e volta ao bife com fritas.

Mas às vezes não é assim. Às vezes o sonho vem, baixa das nuvens em fogo e pousa aos teus pés um candelabro cintilante. Dura uma tarde? Uma semana? Um mês? Pode durar um ano, dois até, desde que as dificuldades sejam de proporção suficiente para manter vivo o desafio e não tão duras que acovardem os amantes. Para isso, o fundamental é saber que tudo vai acabar. O verdadeiro amor é suicida. O amor, para atingir a ignição máxima, a entrega total, deve estar condenado: a consciência da precariedade da relação possibilita mergulhar nela de corpo e alma, vivê-la enquanto morre e morrê-la enquanto vive, como numa desvairada montanha-russa, até que, de repente, acaba. E é necessário que acabe como começou, de golpe, cortado rente na carne, entre soluços, querendo e não querendo que acabe, pois *o espírito humano não suporta tanta realidade,* como falou um poeta maior. E enxugados os olhos, aberta a janela, lá estão as mesmas nuvens rolando lentas e sem barulho pelo céu deserto de anjos. O alívio se confunde com o vazio, e você agora prefere morrer.

A barra é pesada. Quem conheceu o delírio dificilmente se habitua à antiga banalidade. Foi Gogol, no *Inspetor Geral,* quem captou a decepção desse despertar. O falso inspetor mergulhara na fascinante impostura que lhe possibilitou uma vida de sonho: homenagens, bajulações, dinheiro e até o amor da mulher e da filha do prefeito. Eis senão quando chega o criado, trazendo-lhe o chapéu e o capote ordinário, signos da sua vida real, e lhe diz que está na hora de ir-se pois o verdadeiro inspetor está para chegar. Ele se assusta: mas então está tudo acabado? Não era verdade o sonho? E assim é: a mais delirante paixão, terminada, deixa esse sabor de impostura na boca, como se a felicidade não pudesse ser verdade. E no entanto o foi, e tanto que é impossível continuar vivendo agora, sem ela, normalmente. Ou, como diz Chico Buarque: sofrendo normalmente.

Evaporado o fantasma, reaparece em sua banal realidade o guarda-roupa, a cômoda, a camisa usada na cadeira, os chinelos. E tudo impregnado da ausência do sonho, que é agora uma agulha escondida em cada objeto, e te fere, inesperadamente, quando abres a gaveta, o livro. E te fere não porque ali esteja o sonho ainda, mas exatamente porque já não está: esteve. Sais para o trabalho, que é preciso esquecer, afundar no dia-a-dia, na rotina do dia, tolerar o passar das horas, a conversa burra, o cafezinho, as notícias do jornal. Edifícios, ruas, avenidas, lojas, cinema, aeroportos, ônibus, carrocinhas de sorvete: o mundo é um incomensurável amontoado de inutilidades. E de repente o táxi que te leva por uma rua onde a memória do sonho paira como um perfume. Que fazer? Desviar-se dessas ruas, ocultar os objetos ou, pelo contrário, expor-se a tudo, sofrer tudo de uma vez e habituar-se? Mais dia menos dia toda a lembrança se apaga e te surpreendes gargalhando, a vida vibrando outra vez, nova, na garganta, sem culpa nem desculpa. E chegas a pensar: quantas manhãs como esta perdi burramente! O amor é uma doença como outra qualquer.

E é verdade. Uma doença ou pelo menos uma anormalidade. Como pode acontecer que, subitamente, num mundo cheio de pessoas, alguém meta na cabeça que só existe fulano ou fulana, que é impossível viver sem essa pessoa? E reparando bem, tirando o rosto que era lindo, o corpo não era lá essas coisas... Na cama era regular, mas no papo um saco, e mentia, dizia tolices, e pensar que quase morro!...

Isso dizes agora, comendo um bife com fritas diante do espetáculo vesperal dos cúmulos e nimbos. Em paz com a vida. Ou não.

DOM RAMIRO
VAI À EUROPA

Ninguém, das centenas de pessoas que estavam àquela tarde no Aeroporto de Ezeiza, poderia imaginar quanto custara ao dr. Ramiro González chegar até ali: maletas fechadas a chave, passaporte e passagem na mão, esperando o momento de embarcar para a distante e mitológica Europa. Mas o fundamental é que estava tudo em ordem. E previsto.

A coisa começou vários meses atrás, quando Ramiro cedeu à pressão da filha e da mulher. "Precisas conhecer a Europa, papai. Chega de trabalhar, trabalhar. Chegaste já aos 50 e a vida se vai." Essas últimas palavras fizeram estremecer o acomodado coração de Ramiro: a vida se vai. No dia seguinte, no consultório, entre um cliente e outro, as palavras voltavam-lhe à memória: se vai, se vai... De volta à casa, abriu o jornal e não conseguiu ler as notícias com atenção: Paris, Londres, Roma, Berlim, Milão... Esses nomes de cidades famosas provocavam um redemoinho de sonhos e desejos em sua alma. E medo também. Comparava sua rua tranqüila, a sala de sua casa, tudo conhecido e seguro. Por que ruas e avenidas, por que quartos de hotéis e restaurantes iria pervagar? Que poderia acontecer com ele e sua pobre mulher soltos num mundo desconhecido? Mas, ao mesmo tempo, lembrava-se de que a vida se ia.

Um belo dia entrou em casa decidido. Chamou a mulher e comunicou-lhe a decisão de ir com ela à Europa.

– Mas aonde? Paris? Londres?

– Ainda não sei. Vamos estudar a coisa pacientemente. Mas, tomada a decisão, tudo se precipitou. No dia seguinte, entrava em casa carregado de folhetos turísticos, guias de viagem, mapas de cidades. Depois do jantar, ele, a mulher e a filha começaram a examinar os possíveis roteiros. Perderam nisso toda a noite e foram dormir aflitos. No dia seguinte, antes do café da manhã, já estava ele a examinar mapas e rotas aéreas. Saiu, comprou um mapa grande da Europa. Ao fim de alguns dias, estava traçado o roteiro, e iniciou-se uma nova etapa da "viagem".

Agora, tratava-se de escolher os hotéis em cada cidade.

– Isso se escolhe lá – sugeriu a mulher impaciente.

– Lá?! Só saio daqui com tudo acertado, ou não vou.

Visitou agências de turismo, embaixadas, anotou preços, calculou a conversão das moedas, e numa semana definira os hotéis onde ficariam hospedados. Perfeito, mas que faremos nessas cidades? Que lugares visitaremos? A mulher fez cara de aborrecimento. Ele seguiu em frente, pesquisando os pontos turísticos mais interessantes de cada cidade: museus, igrejas...

– Não gosto de museu – declarou a mulher. – Não vou fazer uma viagem tão longa pra me meter numa casa cheia de quadros velhos!

– Quadros velhos, sua ignorante! Obras célebres!

– Quero é passear, conhecer as lojas, as ruas, os lugares bonitos.

– Isso também – admitiu ele.

E com uma caneta ia assinalando, no mapa de Paris, a rua do hotel onde se hospedariam e os diferentes pontos que visitariam.

– Na primeira manhã – dizia ele – sairemos do hotel e caminharemos por esta rua, está vendo aqui?

– Que rua? Isso é um labirinto infernal.

– Esta. Bem, seguiremos até esta esquina, dobraremos à direita, o Louvre está a umas poucas quadras...

– Desse jeito, não vai ser preciso viajar. Já estás em Paris, caminhando pelas ruas... Que graça tem isso?

– E que graça tem se perder numa cidade como essa, se mal sabemos algumas palavras em francês?

– Tu, porque eu falo francês correntemente!

– Eu sei!...

Houve atritos, discussões, amuos. Quase cancelam a viagem. Mas para ele isso já era impossível: se metera naquilo até o pescoço. E assim, o coração pulsando forte, Ramiro e a mulher estavam agora ali, em frente ao balcão da Aerolineas Argentinas, prestes a voar.

E voaram. Despediram-se da filha e dos sogros, e entre vaidosos e assustados entraram no avião que os levaria até Madri, onde fariam uma conexão para Atenas.

Era uma tarde límpida e eles cruzaram o Atlântico sorrindo. Quando chegaram a Madri, muitas horas depois, o avião da conexão havia sido seqüestrado. Reinava uma grande confusão no tráfego aéreo. Na confusão, as maletas desapareceram. Foram levados para um hotel que não escolheram, numa cidade que não fazia parte do roteiro que traçaram e passaram a noite lavando camisa, cueca e calcinha para poder vestir no dia seguinte.

A mulher cantarolava e o olhava de soslaio.

– Os teus planos, hein, Ramiro?

Ele fazia que não ouvia.

GÁS

A história do jacaré vocês conhecem. Aquela do tal homem que foi ao psicanalista queixar-se de que havia um jacaré debaixo da cama e o psicanalista o convenceu de que não era jacaré mas simples imaginação dele. E o homem acreditou...

A minha história não tem psicanalista, mas quase. Um senhor aposentado que morava com os genros sofreu um derrame cerebral e começou a manifestar manias, perceber coisas que ninguém percebia etc.

Um dia sentiu cheiro de gás. Tinha mudado para um apartamento novo e o homem entendeu que o apartamento cheirava a gás. Os parentes já estavam para perder a paciência. "Agora essa mania do papai, cheiro de gás, e só ele sente!"

Pois bem, a coisa seguiu assim até que um dia foram acender um fósforo junto à cama do velho para procurar qualquer coisa e... bum! O cano de gás estava furado dentro da parede.

A história do jacaré é melhor. O psicanalista assegurou ao paciente que debaixo da cama dele não havia jacaré nenhum. O homem acreditou. Depois da segunda sessão de psicanálise chegou em casa despreocupado, sentou na cama e lá vem o jacaré beliscar a canela dele. Não se incomodou: "Você não é jacaré, não" – teria gritado para o bicho, com a cabeça voltada para baixo da cama. "Você é imaginação minha." E o jacaré lá, piscando no escuro. A certeza do homem era tamanha que, nessa noite, resolveu dormir debaixo da cama... Foi comido pela própria imaginação. E daí – acredito eu – poderia nascer um aforismo especial para jacarés: "Ganha fama e deita-te debaixo da cama".

NOSSO HERDEIRO

Um inseto herdará todas as terras deste planeta se a guerra que está sendo preparada nos laboratórios atômicos se desencadear. Os grandes animais, como o elefante, serão desintegrados. O rinoceronte, blindado embora, virará, conosco, poeira radioativa. Não terão melhor sorte as galinhas e os pombos. Apenas um pequeno ser, até então mal considerado pelos homens, um inseto, sorri diante dessa perspectiva: ele contemplará sozinho, no planeta vazio, os magníficos crepúsculos terrestres.

Foi um sábio norte-americano quem descobriu, depois de uma série de experiências, que esse inseto está destinado – quem sabe? – a ser o herdeiro da humanidade. Num comunicado que as agências telegráficas divulgaram, o cientista afirma que o tal animal "é o único ser vivo capaz de resistir sorrindo a uma quantidade de radiação nuclear suficiente para fritar um homem". Acredita o professor que, no caso de uma guerra atômica, o inseto risonho será possivelmente o único sobrevivente na Terra. Isso me faz pensar num artigo que li na *Nouvelle Revue Française*, no qual se defendia uma tese estranha. A Terra – dizia o autor – já teve sete luas (a atual é a oitava) que terminaram por se fundir em fogo sobre ela. À medida que cada uma dessas luas veio se aproximando do planeta, as águas cresceram (dilúvio) e os homens foram também crescendo, alongando-se, tornando-se a mais e mais cabeçudos como os insetos. Nessa "evolução", os seus membros inferiores e superiores perderam a importância, atrofiaram-se e os homens (inteligentíssimos) terminaram dotados de antenas e capazes de voar: viraram insetos de fato. A ser verdade o que afirma esse filósofo da *science fiction,* o inseto de que fala o sábio norte-americano pode ser "com certeza o nosso irmão mais velho".

Mas que inseto é esse? É um inseto que tem o estranho hábito de pousar nos lábios das pessoas: apelidaram-no, por isso, de *o inseto-que-beija.* Esse é, para mim, o detalhe sinistro: ele beija. Como um irmão mais velho, nos beija. Como Judas, que nos indica ao flagelo, nos beija. Beija-nos para mostrar que somos iguais a ele e que, numa futura lua, a outros beijaremos.

A FUGA

Olho em volta: onde estão meus companheiros? Eram muitos, mas amigos de fato, três apenas. Onde estão "Espírito" e "Esmagado"? Penso na esquina de rua quieta, o cimento da calçada, sinto, agora, o seu contato na minha perna. A esquina estará vazia a esta hora, nesta tarde. Ou outros meninos talvez comecem ali, sem o saber, a jogar a sua vida.

Foi uma escova de dentes que me fez, agora, pensar neles. Ah, os objetos: esta escova de dentes, que uso todos os dias, só agora se abre e me fala de mim.

Vamos fugir? Essa idéia nos fascinava. Várias vezes ela se impôs a nós, misturada com perspectivas fascinantes. Mas nunca com a decisão daquela vez. A idéia acudiu aos três ao mesmo tempo, e era a solução para nossos problemas: tínhamos, cada um, uma bruta surra à nossa espera, em casa. Há três dias, entrávamos para dormir altas horas da noite e saíamos antes de os adultos acordarem. Mas não poderíamos nos manter assim por muito tempo.

Tínhamos nossas economias. Trabalhávamos à nossa maneira, juntando restos de metal para vender num armazém da Praia Grande (fora alguns expedientes menos honestos). Planejamos tudo: pegaríamos o trem e viajaríamos escondidos até onde pudéssemos; se descobertos, esperaríamos outro, e assim chegaríamos a Caxias, depois a Teresina. E, em Teresina... Em Teresina, que faríamos? Nossas indagações não chegavam até lá.

Precisávamos de alguns troços: sabonetes, pasta de dentes, escova de dentes. Era só. Não sei por que dávamos tanta importância a tais objetos numa hora de tão grave decisão. Fomos a alguns bazares da cidade e roubamos o necessário. A fuga se daria pela madrugada. Voltaríamos à casa, pegaríamos nossas roupas e iríamos dormir na estação de trem. Tudo acertado, tomamos cada um o rumo de casa. Eram pouco mais de seis horas da tarde.

Entrei escondido e, no quarto, comecei a embrulhar as roupas. A família jantava: ouvia o rumor de pratos, talheres e vozes. Pronto o embrulho, decidi-me a sair mas, ao cruzar o corredor, vejo meu pai de cabeça baixa sobre o prato. Ouço a voz de minha irmã mais velha. Estremeci. Que saudade já sentia de todos, daquela mesa pobre, daquela lâmpada avermelhada e fosca. Um soluço rebentou-me da boca, e fui descoberto.

Em breve, estava feliz, as pazes feitas. Distribuí meus pertences de viagem entre irmãos: a este o sabonete, àquele a pasta, àquela outra a escova de dentes azul. Azul como esta, que uso hoje.

NA MULTIDÃO

Saio de casa e a confusão começa: ônibus passam – que digo! – farfalham, tilintam, rosnam; bondes chiam e estridem; buzinas, explosões, batidos, apitos – estou em plena Cidade brasileira! Sair de casa cansa mais que trabalhar. Andar pelas ruas do Rio é quase tão estafante quanto quebrar pedras. Não vou, precisamente, para parte alguma a esta hora, não tenho pressa, mas... Disparam lotações, voam automóveis, motocicletas, lambretas, um ciclista desliza milagrosamente no caos e dobra, lépido, a primeira esquina. O sinal fecha, as pessoas estacam de golpe, e ficam de motor roncando; outras atravessam entre os veículos, praguejam, e quase me atropelam quando abre o sinal: são pastas, embrulhos, quepes, batedeiras, relógios, enceradeiras, seres de um mundo velocíssimo, que a todos levam de roldão.

A todos nós, vítimas da Cidade gigantesca. Estou, cada dia que passa, mais certo de que o maior problema da vida moderna é a Cidade grande, monstruosamente grande, que nos oferece cubículos por casas e gasta nossas horas de ócio em infinitas e incômodas viagens.

Para uma Cidade gigantesca não há água que chegue, não há transporte que chegue, não há pão, arroz, feijão, carne que cheguem. Uma cidade de três milhões de habitantes, perdoem o paradoxo, é inabitável.

E como é triste ser um em três milhões: Pedro, Antônia, Gisela, Carlos? De quê? Carlos de Três Milhões Anônimos da Silva. Mais triste quando se tem dezoito anos, e mais triste ainda quando se tem trinta como se fossem dezoito. O jeito é comprar uma motocicleta, tirar o abafador e sair gritando pelo cano de descarga a notícia de nossa presença no mundo. Presença que nem a nossa cara, nem nosso nome, nem nossa voz conseguem afirmar, dissolvidos na multidão. Saudemos, pois, o homem anônimo. De blusão, de *blue jeans*, de motocicleta, de lambreta, lá vai ele, o indivíduo contra a massa, João, filho de D. Maria.

FRENTE E FUNDO

Quando criança, sempre me impressionou o fato de que galinha não tirava retrato. Noutras palavras: não tinha história. Impressionava-me ver como se sucediam no quintal de nossa casa as frangas pedreses, as galinhas carijós, mesmo os galos. Sumiam sem deixar marca de sua presença e eram substituídas por outras, que teriam o mesmo destino.

Ainda agora, daqui da minha janela, vejo um quintal com galinhas e patos, e o mesmo pensamento me volta. Não posso me esquecer que é domingo, e essa consciência influi no que vejo com peso equivalente ao da cor cinza do céu, ao do verde vegetal da amendoeira, à úmida claridade da tarde. Tarde de domingo num quintal do Rio de Janeiro onde há patos, galinhas e um pé de margarida lançando suas flores vermelhas no ar. E onde há outras coisas como um telheiro de telhas-vãs, duas pedras grandes num canto e um chão de terra escura com manchas de umidade. E um homem que vê tudo isso, e que ouve, por detrás das casas, o ruído de ônibus e lotações que passam, certamente, com pessoas em roupas engomadas, limpas, dominicais.

Mas aqueles bichos que vejo lá embaixo no quintal não sabem disso. Estão dentro do domingo, caminham, comem dentro dele, pisam-no e o respiram, constroem-no com seus movimentos e suas penas pretas e brancas, mas não o possuem. O domingo se reflete em seus olhos de conta, vem de dentro de sua garganta com o grasnado ou sem ele. É certamente um domingo especial, o domingo deste quintal de Ipanema, que parece contido à direita por duas paredes claras de um prédio, à esquerda pela amendoeira e o muro da escola, ao fundo por pequenas árvores, e à frente por minha janela e meu corpo. O escritório está fechado e do outro lado da porta começa outro domingo de rádio e televisão.

Saindo por essa porta, atravessa-se a sala e chega-se ao elevador, que pode levar-nos até a entrada do prédio e à rua, onde transcorre um domingo extremamente diferente deste domingo de quintal: o domingo público, de namorados e crianças, de futebol e cinema. E assim esse edifício é como um túnel que liga dois tempos contrários, dois mundos que se submetem à mesma data, mas que percorrem tempos diferentes. Descubro que há um domingo das fachadas e um domingo de quintal e da área, fora da História, como as galinhas, os patos e as margaridas.

UM HOMEM

*L*embro-me dele como de uma sombra, de trapo e de poeira vermelha, deitado junto a um poço, entre matos. E num tempo que vai longe na memória, e assim a imagem se afasta a tal velocidade (ou a tal velocidade se aproxima) que se incendeia – e a poeira é o fogo vivo, o trapo é chama – e a erva, tão calma de fato, parece roê-lo como câncer.

Chamava-se Gaspar. Não conheci, desde lá, muita gente com esse nome e talvez por isso o nome se ligasse exclusivamente a ele, a essa imagem obscura.

Assim, quando digo em silêncio – Gaspar – a palavra se torna seca, velha como pano puído, estopa usada. E toda essa lembrança é uma constelação de resíduos, de coisas sem serventia, direi, uma constelação de fundo de quintal: como se um balde, uma pá enferrujada, uma trave de cama e um paletó abandonado fossem as estrelas dessa ursa menor, menor, menor.

Dizem que ele comia papel. A infância é crente, não sei se falavam de piada ou a sério, mas o fato é que o vejo com os bolsos cheios de papel usado, apanhado no chão. Se o comia ou não, é coisa que não afirmo, mas ele era um pobre-diabo sem dinheiro, sem casa e sem família. Talvez comesse.

Dentro dessa confusa esfera de lembranças, surge uma outra imagem em que ele aparece caído, à margem da linha de bonde, perto do Anil.

Adiante era a casa onde eu estava passando férias, ou morando. Passo no bonde e o vejo ali, quero saltar pensando em ajudá-lo. Alguém me impede: "você pode cair". Mas será que foi assim mesmo? A mesma lembrança se dá de outro modo: salto do bonde, caio. Gaspar aparece e me levanta, meio zangado, meio irônico. Cheira a suor e cachaça.

Mas a imagem que persiste é aquela, ao lado do poço. Aproximo-me e ouço o ressoar de sua respiração, o peito arfando dentro dos trapos, o cabelo espesso, enorme, em tufos ásperos e queimados. Não estava morto. Deve, mais tarde, ter-se levantado, mas, hoje, tanto faz. De qualquer modo, penso vê-lo erguer-se e sair caminhando, com os bolsos cheios de papel, os pés rachados pelo chão quente; sair caminhando para parte nenhuma, sem nenhuma razão para caminhar, pobre Gaspar de carne e de poeira.

Nada terá ficado desse homem que, se tirou retrato, não teve quem o guardasse, e que talvez reste apenas em mim, menos pelo que foi do que pela confusa fixação que fiz de fatos vividos.

ENCONTRO EM BUENOS AIRES

*F*azia um mês que eu estava em Buenos Aires e naquela noite chovia muito. Mesmo assim compareci ao lançamento do livro a que me convidara um amigo que, além de amigo, era conterrâneo. Um maranhense que eu não via há tantos anos, autografando livros na capital argentina! E eu, moleque da Camboa, ali. Na minha cabeça revoavam a praça João Lisboa, o botequim do Castro, a campanha eleitoral de 1951, e me sentia bem, ainda que espantado. Havia muita gente, jornalista, discurso, vinho e o bate-papo se generalizou. Falava-se de tudo: do Peru, do Uruguai, do Brasil. E eis que o amigo surge diante de mim puxando alguém pelo braço.

– Veja quem está aqui: Dick Rooney!

Sim, por incrível que parecesse, era o Dick. Um pouco mais velho mas com a mesma cara de *boxer* americano e a infalível gravata-borboleta. Abraçou-me com afeto e elegância (a mesma da gravata) e começou a falar. Claro, falava dos maranhenses que teriam vencido na vida, que mantinham no alto o nome do Maranhão.

Eu não parava de me lembrar. Dick Rooney, fim da década de 40, São Luís do Maranhão. Rádio Timbira, PRJ-9. O grande sucesso musical era Dick Farney, cantando *Marina* de Caymmi com bossa americana, semitonando... Naquela época eu trabalhava como locutor da Rádio Timbira e fui encarregado de apresentar o *show* de Dick Farney no Teatro Artur Azevedo. Com meus dezenove anos, dentro de um paletó com enchimentos nos ombros, suava frio e falava pelos cotovelos. Misturei versos de Guillén com anúncios do sabonete Regina e irritei profundamente o cantor carioca...

Quando voltei a mim, Dick Rooney citava nomes maranhenses.

– Lembras de Patativa do Norte? Está rico, riquíssimo!

O Patativa do Norte cantava na rádio as canções de Vicente Celestino e vendia sanduíches de peru numa porta quase na esquina da praça João Lisboa. Inesquecíveis sanduíches com farofa e azeitona, uma invenção genial. Enquanto vendia, cantava:

> *Noite alta, céu risonho*
> *A quietude é quase um sonho...*

A freguesia cresceu tanto que começou a faltar peru na cidade, pois até então peru era exclusivamente comida de Ano-Novo. Um dia o Patativa bateu na porta de nossa casa. Vinha comprar o peru que meu pai trouxera há pouco de uma de suas viagens pelo interior do estado. Como descobriu que havia um peru no distante quintal de nossa casa, é um mistério que não consigo explicar. Mas isso explica por que o Patativa, de imitador de Vicente Celestino, tornou-se um homem rico.

– E você, Dick, que fez durante esses anos todos?

Depois de conquistar o público de São Luís, Dick se sentiu capaz de fazer o mesmo com o público norte-americano: se mandou para os Estados Unidos. Suponho que New York, Las Vegas, Miami e um belo dia estava cantando numa boate em Manágua.

– Uma noite – conta ele – entra na boate o presidente Somoza, cercado de guarda-costas...

– Ah, o ditador.

– Sim, Tachito. Pediu pra eu cantar várias músicas brasileiras que ele conhecia, depois me chamou para a mesa dele. Meu prestígio subiu. E ele voltou várias vezes. Ficamos amigos.

– E continuas cantando?

– Acabei de comprar um novo restaurante aqui em Buenos Aires. Você precisa ir lá. É meu convidado.

A noite de autógrafos terminava, tratei de me retirar também. Dick insistiu em levar-me para tomar um uísque e comemorar o nosso encontro. Descemos com um casal amigo e entramos num bar próximo, onde ele, na terceira dose, começou a cantarolar as mesmas canções que lhe haviam dado fama no Maranhão.

– Antes de sair da minha terra – disse ele – prometi a minha mãe que ainda seria um homem rico. Vocês são idealistas, intelectuais, são outra coisa. Meu plano, desde o começo, foi o seguinte: trabalhar até os 50 anos e daí em diante, cheio da grana, gozar a vida.

— Levando em conta que o cara pode morrer antes dos 50, talvez o melhor fosse gozar a vida primeiro – sugeri.

– Mas sem dinheiro, meu? Sem dinheiro não dá!

Claro que não dá. A conversa ia e vinha. Mas eu comecei a me lembrar dos planos que fizera antes para enriquecer. Intitulei-os "planos Rockfeller". Bolei uns quatro, nunca os levei à prática.

– Quantos anos faz que você não volta ao Maranhão?

– Uns cinco.

– Ah, você precisa voltar lá!

Eu sorri. Ele continuou:

– Você não sabe como o Maranhão se desenvolveu. Ponta d'Areia, Olho d'Água, está tudo cheio de casas e motéis. Uma beleza. E sabe que vão construir uma usina siderúrgica junto ao porto de Itaqui?

– Sim, li isso num jornal e fiquei apavorado.

– Apavorado?! Será a salvação do Maranhão!

– Imagino o que pode acontecer. Dizem que essa usina produzirá 12 milhões de toneladas de aço. É quase o dobro do aço que o Brasil produz hoje.

– Formidável...

– Pois é. Mas tenho medo que a cidade comece a crescer loucamente, que se destruam os velhos sobrados e tudo o que constitui o encanto de São Luís. E, depois, a poluição: já pensou o que significa uma siderúrgica dessas proporções junto à cidade? São Luís será coberta por uma gigantesca nuvem negra e lá se vai o nosso céu azul de anil...

– Falou o poeta...

Nos separamos e o poeta tomou o rumo de casa. No caminho, o espírito de Rockfeller de novo se instalou nele. Pensou na quantidade de gente que seria atraída pela siderúrgica. Operários, técnicos, trabalhadores braçais. Primeiro para construir a usina, depois para trabalhar nela. Nascia o quinto plano Rockfeller: uma série de boates nas cercanias da usina, com muita música e muitas mulheres lindas... Uma mina de ouro!

O problema é saber se esse plano não destoa do projeto geral. Na opinião das pessoas que consultei, não destoa... E, se é assim, mãos à obra!

A MULTINACIONAL CORRUPÇÃO

*N*unca pude me esquecer uma reportagem que li, faz alguns anos, sobre Kakuei Tanaka quando ele ascendeu ao cargo de primeiro-ministro do Japão. Segundo esse texto, Tanaka era uma inteligência brilhantíssima, um gênio político, um exemplo de probidade moral, uma personalidade irresistível etc. etc. Agora leio com espanto que o ex-premiê Tanaka, com toda sua probidade e todo o seu charme, foi subornado pela Lockheed Aircraft Corporation. Meteu no bolso alguns milhares de dólares por favorecer aos interesses daquela empresa americana no seu país. Como qualquer político de qualquer republiqueta subdesenvolvida.

Mal saio desse espanto, caio noutro: o príncipe Bernardo, nada mais, nada menos, que o príncipe Bernardo, com todo aquele ar de nobreza, com todos os seus antepassados, com todas as suas medalhas, descolou uma nota alta da mesma Lockheed (dizem que uns cem mil dólares e há quem fale em mais de um milhão de dólares), enquanto a respeitável rainha Juliana cochilava no trono. Quase não posso acreditar nisso. Mas não se trata de acusações feitas pelo PC holandês nem por qualquer inimigo pessoal do príncipe: são revelações feitas pelo Congresso norte-americano.

Será que os congressistas americanos enlouqueceram? Ou estão agora a serviço do comunismo internacional? Pois vejam bem: além do Tanaka e do Bernardo (desculpem o tratamento, mas é que a gente tende a perder o respeito), surgem ainda na lista Yshio Kadama, ex-ministro da Defesa do Japão e líder da extrema-direita. Essa realmente é difícil de acreditar. Todos nós sabemos que a extrema-direita sempre combate furiosamente a subversão (de esquerda) e a corrupção. Kadama era até aqui respeitado por aquela parte da classe média japonesa que põe a moralidade acima de tudo. Como é que essa gente vai ficar agora? O defensor mais acirrado do moralismo é ladrão! Os senadores americanos deviam pensar bem antes de provocar tamanha decepção em tanta gente. Aliás, o Kissinger, ainda pouco sabemos dele, já advertiu os senadores a respeito dessas revelações que prejudicam amigos tão caros ao governo americano (caros nos dois sentidos, aliás).

A advertência tem cabimento. A desmoralização beneficia a esquerda japonesa. Isso no Japão. E na Alemanha? Imaginem vocês: esse troço parece um complô contra os defensores da democracia (ocidental). Na Alemanha, foi subornado nada menos que o sr. Franz Josef Strauss, político democrata-cristão, líder da direita alemã, inimigo número um da distensão na Europa, acérrimo anticomunista. Homem grave e furioso como costumam ser os homens de direita. A gente sempre pensa que eles são tapados, retrógrados, reacionários, mas nunca que sejam corruptos. Isto é, a gente *pensava* assim. Agora há que pensar diferente. Por culpa dos senadores americanos.

E mesmo que você diga: bem, não generalizemos. Isso de que dois ministros da direita no Japão, o príncipe da Holanda e o líder democrata-cristão da Alemanha Ocidental sejam corruptos, não quer dizer que em todas as partes... Mas vêm os senadores e apontam para a Itália. E de novo gente graúda (gente miúda rouba galinha) e democratas-cristãos. É a vez de perguntar: trata-se de uma campanha do Senado americano contra a Democracia Cristã no mundo inteiro? A favor do comunismo? Sim, porque os senadores não ignoram a situação política da Itália, onde o Partido Comunista já é o segundo partido do país com a diferença de apenas dois por cento dos votos para o Partido Democrata-Cristão. Mas o senador Frank Church, membro da subcomissão que apura os subornos da Lockheed, veio a público dizer que essa empresa subornou os ex-ministros da Defesa Luigi Gui (atual ministro do Interior) e Mario Tanassi, social-democrata. Ali, nas barbas do Papa – como dizia o saudoso Murilo Mendes – esses senhores participaram de uma vergonhosa transação que lhes valeu alguns milhões de dólares. Eles "facilitaram" a compra pelo governo italiano de 14 aviões Hércules C 130, da Lockheed, que segundo os técnicos são inadequados para as exigências defensivas do país.

Eu fico imaginando a reação do eleitorado conservador italiano, gente que acredita em Deus, que vai à igreja todo domingo, comunga e não perde uma aparição do Papa na basílica de São Pedro. Gente que se acostumou a ver e ouvir pela televisão esses ministros bem vestidos e bem falantes, com um *rictus* de severa dignidade no rosto nobre, e agora ter que aceitar que se trata de corruptos. Temos que admitir que um troço desse abala a confiança de qualquer pessoa, por mais santa que seja. Como saber, agora, se este outro ministro, igualmente bem penteado e de catadura grave, não está recebendo por baixo do pano a sua bolada de dólares? Sim, porque os senadores estão examinando apenas os casos de corrupção da Lockheed – uma empresa somente. Quando examinaram os da Northrop, o resultado foi parecido, só que atingia mais os respeitáveis políticos e militares do terceiro mundo. Que acontecerá quando as investigações se estenderem para, por exemplo, a General Motors, a IBM, a Ford, a Bethlem Steel, a Hanna e outras tantas ditas multinacionais? Que vai sobrar de líder da extrema-direita, da meia-direita e do centro nas diferentes nações desenvolvidas do outrora chamado mundo livre? Essa expressão já está fora de moda, mas de qualquer maneira cabe a advertência de que não se deve confundir liberdade com libertinagem. Não é assim que costumam falar os Tanaka, os Strauss, os Bernardo, os Franco, os Stroessner, os Salazar, os Pinochet quando defendem a repressão contra o povo? Mas não vamos nos desviar do assunto. O tema é corrupção e não subversão. Só um dos termos do binômio. A subversão está com a CIA e já foi devidamente noticiada pela imprensa mundial. Sabemos que as duas caminham sempre de mãos dadas, conforme se viu no Chile: dólares para desestabilizar o governo Allende e armas para Patria y Libertad... Mas de tudo isso o que mais me constrange é ver que as pessoas estão perdendo os seus ídolos e vão terminar concluindo que a virtude não compensa. Até o presidente Kennedy, meu Deus, cuja morte comoveu tanta gente em tantos países (basta dizer que na minha pequena São Luís do Maranhão puseram o nome dele numa avenida), vai se ver, é aquela decepção: ordem para matar Fidel Castro, ligações com a máfia, contratação de gângsteres... É, este mundo (livre) está perdido!

CARNAVAL

O corso passava pela rua Rio Branco, ia até a praça Gonçalves Dias, voltava e descia a rua do Sol. O ponto propício para apreciá-lo era o extremo da avenida Gomes de Castro, porque era coberta de oitis e não se ficava embaixo da janela de ninguém. Mas o trecho da avenida era pequeno – e grande era o número de famílias que disputavam alguns metros de calçada para pôr suas cadeiras.

Meio-dia do sábado de Carnaval, os meninos começavam a carregar as cadeiras de suas respectivas casas para a avenida. Às vezes, a essa hora já os melhores lugares estavam tomados: e quem chegava cedo punha suas quatro ou cinco cadeiras amarradas com corda umas às outras para evitar que as roubassem.

Às duas horas, o sol ainda estalando, apareciam os primeiros mascarados, as "mortes" sinistras, de esqueleto à mostra, os "fofões", com suas máscaras pavorosas de que eu corria às léguas. Custei a me libertar desse terror. Quando o sol declinava vinham os carros alegóricos, cisnes gigantescos, pagodes ou carros enfeitados com serpentinas e confetes. Havia sempre uma moça mais bonita que as outras num desses carros, e a gente ficava prestando atenção quando o carro dela passava outra vez. O melhor de tudo, porém, era aquele cheiro de lança-perfume que ficava no ar e de que a gente se recordaria com um susto, meses, anos depois.

Veio a guerra, eu cresci, o Carnaval perdeu o encanto. Os cisnes me pareciam agora monstruosos e ridículos, balançando em cima de um caminhão camuflado. Pintava a cara com carvão – suíças e bigodes – e ruge; comprava um saco de confete e saía para o Carnaval. Era tudo tão sem graça, mulheres em pânico atrás dos filhos que se perdiam na multidão, homens vestidos de mulher. Um domingo de Carnaval, um garoto estudante matou outro com um canivete em plena praça. Aquela morte tomou conta de tudo, das músicas e do cheiro de lança-perfume. Os foliões pareciam chorar cantando:

Felicidade não foi feita pra nós dois
Veio a morte e levou tudo o que era meu

Comprei um rolete de cana e fui comendo-o a caminho de casa. Já estava de noite. Na cozinha havia um resto de almoço, triste como um samba de Carnaval. Jantei.

TRÊS CRIANÇAS

*É*ramos três crianças naquela fazenda do Coroatá. Três crianças, um curral cheio de bois, um açude com mandioca de molho, um forno de farinha, mangueiras, bacurizeiros, bananeiras – e, de tarde, a gente amassava banana num prato, com açúcar e leite. Havia na sala um retrato de Shirley Temple e no peitoril da janela um vidro cheio de pétalas de rosas para fazer perfume.

Um dia choveu forte. A ventania agitou os altos pés de bacuri e jogou as frutas no chão; também debaixo da mangueira tombaram as mangas amarelinhas. Não se via nada lá, além da água espessa e violenta que me fazia pensar no fim do mundo. "Diz que da próxima vez será em fogo" – tranqüilizava-me. De repente, um clarão espectral atravessou a chuva, uma fagulha vermelha explodiu quase dentro da varanda e um estrondo rolou pelo céu que desabava. Nós três, crianças, sofríamos imóveis a um canto o desenrolar da fúria. Os espelhos foram cobertos com lençóis; acenderam-se as velas do oratório e invocou-se Santa Bárbara.

Mas isso foi um dia só. O resto das férias foi brincar com boizinho de melão-de-são-caetano, subir na goiabeira, andar de canoa no campo alagado, ver ferrar boi, passear a cavalo. Éramos três, dois meninos e ela, a menina, de tranças pretas, rosto sardento e nariz de diabinho. Ela, que abriu a cabeça do irmão com uma vara de bambu, que me derrubou da escada, que quebrou o pote d'água, que caiu da goiabeira.

De noite era o Petromax aceso na varanda rodeado de vespas e besouros. Vinham da escuridão do mato, giravam em torno da luz e caíam dentro de uma bacia cheia de água que se punha em cima da mesa. Nossa ocupação noturna era queimar, com sebo quente, os cordões de frieiras que nos tomavam os pés. "Estou cansada de dizer para esses três demônios que sujeira de porco dá frieira. Não andem descalços no mato, não andem descalços. Que nada!" Havia na fazenda umas parentas, moças noivas, bonitas, que falavam coisas obscenas e nos contavam histórias na rede.

Não se sabia o dia da semana, e isso me desorientava; sentia-me perdido do meu mundo, mais longe de casa e dos irmãos. Seria domingo? Uma tarde, todo o pessoal da fazenda estava sentado na porta vendo o sol desaparecer: era uma enorme medalha vermelha que ia se enterrando, longe, na grama verde do campo. Das três crianças que viram aquela medalha de fogo, uma se matou. Foi a menina: cresceu, casou, e um dia encontrou na gaveta do marido um vestido que não era dela. Dizem que todo mundo conversava na cozinha, as roupas secavam na corda e o jantar cheirava no fogão quando o fato se deu.

FAZENDA

*F*az alguns anos. O médico mandou que eu saísse urgentemente do Rio e buscasse uma fazenda de ar puro e leite integral. Fui. Era em novembro e o trem corria paralelo ao campo verde e às nuvens. Sujo da cidade, envenenado de gás e de poeira, olhos cegos de ver todo dia o mesmo repetido, à medida que o trem avançava, a brisa limpava-me por dentro. Meus olhos começavam a ver de novo, e me lembro que as primeiras coisas que "vi" foram as nuvens e os bois. Nas nuvens vi o tempo, acima de nós, tecendo-se a si mesmo; nos bois vi a forma viva, o mistério de chifres e quatro patas vindo do chão como o capim. E velho. Como são velhos os bois! – pensava, olhando-os deitados na erva com seus "cupins". E há quem diga: "Aqueles bois são meus", como se fosse possível isso. Como pode um homem pensar que é dono de um boi? O trem corria e minha alma lavada ia outra vez decifrando o mundo. Isso foi apenas o princípio da revelação. Na fazenda, durante as tardes tranqüilas, deitado numa rede de algodão sob as mangueiras, meus últimos preconceitos se desfizeram. De repente era uma pedra marrom que desabotoava num vôo, subia e começava a pipilar entre as folhas; ou era uma rolinha que tombava sobre a folhagem seca, misturava-se com a terra escura do chão e fechava-se como uma pedra.

Certa manhã saí para ver a vizinhança. Do outro lado da estrada de ferro, moravam os patos, que passavam o dia brincando na lagoa. Junto à casa dos empregados ouvia-se um barulho de pios e grasnados, voz humana e bater de asas. Cheguei e vi um ser de duas mãos, duas pernas, roupas claras e pano na cabeça, dando de comer a outros seres menores, sem braços, de dois pés, bico e pequenos olhos redondos.

Estes não usavam roupa e, como pacotes de penas, atiravam-se ferozmente aos grãos que a mulher jogava aos punhados sobre eles. Alguns alçavam-se de asas abertas e tentavam alcançar o milho ainda no ar ou na mão da mulher. Nessa aventura um deles joga-se em cima dela e é recebido com um pontapé. O animal fugiu desasado, fungando, e parou perto de mim, que então lhe vi a cara coberta de gomos vermelhos entre laivos de pena branca e azul: e compreendi estar um demônio talvez ali sob aquela máscara de pato. Voltei para meu quarto meditando na estranheza de um mundo onde uma mulher dá de comer a um bicho no qual ela nunca reparou bem e chega mesmo a lhe bater com o pé sem saber que mistério ele fecha sob as asas.

Ah, é preciso ser louco para viver numa fazenda. Louco ou distraído.

O JARRO

*E*ra uma sala e era de tarde. De tarde como, numa sala, em Ipanema, é de tarde. No século XX. Nunca havia antes percebido com tanta clareza o século XX. No meio da sala, como no meio do século, estava o jarro – com água e flores. Meu amigo falava, e eu ouvia. Ele falava e eu o ouvia no século XX. Era realmente impressionante.

Estávamos próximos à janela aberta para a tarde e, entre nós dois, o jarro de flores. Que flores não sei, nem nos importava. A cara de meu amigo se confundia com as corolas de cor, umas azuis outras brancas, os seus óculos, seu nariz. E como que sufocado nelas, afirmava:

– Agora, imagine você, a polícia acha que o assassino...

Asa e sino, azul e branco, palavra e flor.

– Como?

Era um mastigar de flores nossa fala. O vidro dos óculos brilhava entre os talos, e a órbita ocular, detrás, era um olho conhecido, que falava, que ajudava a boca.

– Não acredito que a moça fosse tão ingênua assim. Ela aceitou o convite.

– Claro!

Mas claro mesmo era o século XX, presente em tudo. "Estas flores estão durando e, como minha carne, fazendo o século."

– Moça direita não vai ver coleção de selo em apartamento de rapaz.

– Toda moça, qualquer que seja, é direita. E todo rapaz. O tufo de flores parecia agora sair de dentro do paletó de meu amigo: uma camisa de flores. A cabeça explicando:

– Não estou querendo dizer que...

Quando ele se recostou de novo na poltrona, não o vi mais. Só a sua voz chegava a mim por cima do jarro florido, como de outro lado de um muro.

– Agora tudo vale, não há mais um limite, não há mais valores. Que século este!

O jarro é que parecia dizer outra coisa em seu murmúrio azul e branco.

PENSADOR

*P*edrinho era um menino inteligente. Antecipando-se à escola e aos tratados, descobriu o absurdo da finitude temporal e espacial do mundo, sem falar na relatividade do movimento. Mas, inteligente, considerou tais descobertas simples banalidades, como todas as demais que faria ao longo de sua vida, passando de Pedrinho a Pedro e de Pedro a Pedrão.

Compreendeu também que não seria possível sair da banalidade e, assim, continuou pensando gratuitamente. Seu pensamento não evoluía, era descontínuo e agudo. Pensava sobre tudo o que via: a pedra, o pote, o poste, o posto, o rosto, o rasto, o resto, o rito, o rato, o gato, o goto, o esgoto. Como pode uma pessoa sair de casa, andar por dezenas de ruas, falar, pagar contas, cobrar contas, mentir, sorrir, fingir, impingir, e depois voltar certinho à sua casa, rua tal número tal? Considerava isso uma coisa surpreendente, mas não tanto quanto a possibilidade de alguém ser uma mesma pessoa durante dezenas de anos, mudando de casa e profissão, de carro e de mulher, mas sempre convencido de que é ele mesmo.

Até que um dia parou diante de um saco de batatas na Feira Livre do Produtor, no Castelo. Batatas? Batatas. Ficou pensando, já que era o profissional do pensamento. "Essas batatas estão todas aí dentro de um saco" – disse para si mesmo – "e vieram do chão. Mas não simplesmente do chão, porque, na verdade, vieram de uma outra batata, mãe de todas as batatas. É formidável", exclamou diante da maravilhosa banalidade. "Uma batata contém todas as demais batatas. Qualquer destas batatas que estou vendo neste saco contém todas as demais que, saindo dela, encheriam vários sacos iguais a esse!"

E, a partir desse dia, foi plantar batatas. Essa é a história contraditória, incompleta, do único agricultor consciente que conheci.

CORUA

A palavra é nova e foi meu filho, Paulo, de dois anos, quem a inventou. O táxi entrou pelo Corte do Cantagalo e a Lagoa esplendia sob o luar de maio.

– Corua! – exclamou o menino, pedindo a compreensão dos demais: – corua!

Ninguém sabia o que ele queria dizer e ele insistia. Perguntaram se era coruja, e ele soltou um berro de irritação. Seria coroa? Novo protesto. O chofer do táxi, com rara acuidade, decifrou o enigma:

– Acho que ele está querendo dizer "rua com lua".

Paulo vibrou de contentamento, como um poeta neoconcreto que vê sua mensagem captada. Ficou contente mas não aderiu à frase prosaica do chofer. Continuou a repetir: Corua! Corua!

Mas, lá em casa, além de mim que sou um contumaz inventor de palavras extravagantes, há ainda a Luciana, de quatro anos, que também não fica atrás. Da janela do antigo apartamento, via-se, como na música de Vinicius, o Cristo Redentor e o Corcovado. Logo a avó da menina explicou-lhe o que se via pela janela. O resultado não foi imediato, mas veio. Um belo dia, estoura na rua um foguete de São João. Luciana pula na poltrona, entre excitada e alegre: "O Cristo rebentou! O Cristo rebentou!"

Desconcertante mesmo foi a conversa que ela travou comigo uma semana atrás:

— Papai quando é que você vai morrer?

— Eu? Morrer?! Não sei não, por quê? Está querendo que eu morra?

— Não. Estou perguntando porque pensava que era em janeiro ou junho.

O AVESSO
DA CIDADE

De um ponto na encosta, à sombra, víamos lá embaixo o cemitério, com a sua profusão de lados. Era, talvez, meio-dia e nós dois estávamos ali sentados, cada um com um ramo de flor na mão. As árvores respiravam conosco mas lá embaixo o mármore e o sol construíam um mundo abstrato, fixo, vazio: o avesso da cidade dos vivos. Olhávamos tudo como se voássemos.

Não era Finados. Era um domingo qualquer, esfera azul de verão onde o mar rugia. Morávamos no Flamengo e porque o domingo amanhecera tão feroz e feliz decidíramos ir ao cemitério como se fôssemos à praia: uma visita ao avesso do dia.

Tomamos um bonde, saltamos e compramos flores: para ninguém, que não tínhamos mortos a lembrar ali. Entramos, e era bom sentir aquele silêncio denso, andar sobre aquela terra dentro da qual se perderam (se perdiam) pessoas que, como nós, viram o domingo, a praia, o passarinho. Depois subimos a encosta, para melhor vermos o cemitério, para melhor nos sentirmos ali enquanto o domingo se precipitava sobre o Rio de Janeiro. Era como se fizéssemos um poema de passos e gestos: um piquenique responsável, um ritual.

Estávamos ali, em silêncio, flores na mão. De repente, o ar buliu, ouvimos vozes. Eram dois homens subindo: um trazia no ombro um esquife de criança e o outro o seguia. Quando pararam, nos aproximamos. Já o coveiro cobria a sepultura de terra, e sobre ela depusemos nossos dois ramos de flores.

– Ontem enterrei a mãe dele. E à noite ele morreu também.

– Era seu filho?

Era. Nem teve nome.

Descemos os quatro até a carreta que ficara lá embaixo, no início da subida. O coveiro começou a empurrá-la, de volta à capela. O homem parou um instante diante de nós dois. Seu rosto era duro, roído por uma ventania que ninguém sabia donde vinha, mas que ia cavando-lhe a carne. Ele agradeceu as flores, despediu-se e desapareceu no labirinto de mármores. Um anjo de bronze projetava, naquele momento, a sombra de seu braço erguido sobre nós dois. Resolvemos voltar para casa.

CONFUSÃO
BUROCRÁTICA

*E*u tinha que providenciar a lavagem de roupas dos funcionários da Funarte, da qual era presidente; com esse propósito pus todas as trouxas no elevador e me dirigi ao setor competente. Ali deveria fazer a entrega das roupas sujas mas tive a estranha impressão, ao chegar lá, de que na verdade estava na sede da Sociedade Brasileira de Autores Teatrais, a SBAT. Ao mesmo tempo, alguma coisa me dizia que não era a SBAT, especialmente devido à vastidão da sala e a quantidade de computadores e funcionários. Seria a NASA? De qualquer modo, já que estava ali tratei de dar conta de minha tarefa que era entregar as trouxas de roupas. Mas ninguém me dava atenção. Foi quando reparei que as trouxas haviam sumido, isto é, eu as havia esquecido no elevador, que já não estava naquele andar. Assaltou-me a dúvida: deveria insistir em falar com a pessoa responsável pela lavanderia ou voltar à procura das trouxas de roupas?

Percebi que logo depois da última fileira de mesas havia um balcão envidraçado, que ia de um lado a outro da sala e, detrás do qual, moviam-se muitas outras pessoas. Uma delas, sentada a uma mesa, devia ser o chefe do setor, a quem supostamente deveria me dirigir. Mas não havia porta nem guichê que me possibilitasse chegar até ele.

Apesar disto, caminhei decididamente em sua direção e fiz sinal a um rapaz fardado de contínuo que estava do lado de cá do balcão. Perguntou-me o que desejava e eu então expliquei-lhe que estava ali para entregar algumas trouxas de roupas sujas dos funcionários da Funarte. O rapaz sorriu simpático.

— Ah, o senhor não é o poeta Ferreira Gullar?

Senti certo constrangimento por ter sido reconhecido fazendo entrega de roupas sujas. Estava ali na condição de presidente da Funarte e não na de poeta. Sempre fiz questão de separar as coisas. O rapaz percebeu meu constrangimento.

— Isso acontece às melhores famílias, disse ele sorrindo. Vou avisar o chefe que o senhor está aqui.

Em seguida caminhou em direção ao balcão e passou por uma porta de cuja existência até aquele momento não suspeitara.

Do lugar em que estava, segui com os olhos até que ele parou diante do chefe e apontou para mim. O homem ergueu a vista em minha direção mas a sua expressão era assustadora: tinha o rosto de um dos oficiais da Polícia do Exército que me interrogaram no DOI-CODI em 1977. Fiquei imóvel à espera do desfecho, bastante preocupado, temendo ter que de novo responder a um interrogatório de 72 horas. Vi com alívio que o chefe parecia não dar importância à minha presença e entregara ao contínuo uma pilha de pastas, com as quais ele sumiu por uma porta nos fundos da sala.

De qualquer modo, comecei a preocupar-me e senti-me desconsiderado na minha condição de presidente da Funarte e amigo do ministro da Cultura. O melhor a fazer era ligar para ele e pedir sua interferência, pensei mas logo repeli essa idéia, pois me pareceu sem sentido incomodar o ministro com um assunto de tão pouca importância. Além do mais, ele certamente iria estranhar estar eu ali fazendo entrega das roupas sujas dos funcionários.

Disposto a resolver as coisas por mim mesmo, tratei de localizar as trouxas de roupas, que haviam desaparecido. Dirigi-me ao elevador, apertei o botão e fiquei à espera de que ele chegasse ao meu andar. Quando a porta se abriu vi que ali dentro havia apenas duas meninas de uns dez anos de idade; as trouxas haviam sumido. Entrei no elevador disposto a ir até o andar da Funarte onde, acreditava, não sei por que, estariam as trouxas extraviadas, mas as meninas colocaram-se em frente à porta do elevador impedindo-a de fechar-se. Disse-lhes que tinha pressa mas de nada adiantou. Perdi a paciência e comecei a cuspir nelas que, assustadas e chorando, foram embora. Apertei o botão, o elevador desceu e em breve estava eu sentado em meu gabinete da Funarte. As trouxas de roupas haviam se perdido definitivamente e agora tudo o que restava era um enorme pavor por ter eu cuspido nas meninas que – conforme acabara de descobrir – eram sobrinhas de Elias Maluco, o traficante assassino do jornalista Tim Lopes. Foi quando em pânico ouvi a sirene da porta soar e tive a certeza de que era ele!

Felizmente acordei.

PESO

*E*ntra, entra – foi-me dizendo ele, mal abriu a porta.

E logo pôs duas cadeiras na varanda, fez-me sentar numa e sentou-se defronte. Eu fiquei esperando que ele enfim começasse, que me falasse da descoberta que fizera. Olhava-me fixo, meio deslumbrado de si mesmo.

– Fala, rapaz. Solta logo a bomba.

– Minha descoberta... – Começou vacilante, mas completou abrupto: – Descobri isto: eu peso!

Esbocei um sorriso, mas me detive: o homem estava sério. Considerei com alguma irritação o absurdo de ele me ter feito vir de tão longe para me comunicar que... pesava!

– Ora bolas! Mais "pesado" sou eu!...

– Não, meu caro. Não falo nesse sentido. Será que você não entende? Eu peso, você também pesa.

– Nós pesamos, vós pesais, eles pesam...

– Sim, todos nós pesamos. Os objetos também pesam.

– Você deve pesar uns setenta quilos!

– Pois é. Essa noção numérica é que impedia até hoje de perceber o fenômeno formidável do peso. Esqueçamos as noções e pensemos limpo: uma flor, por exemplo, pesa. Isto é, se a solto no espaço ela cai: o peso é um elemento dela, como sua cor azul. O peso é uma afinidade entre você e a flor.

– Está melhorando...

– Agora observe isto: aquele homem que vemos ali defronte limpando vidraças pode cair a qualquer momento, não pode?

– Pode.

– No entanto, talvez ele tenha programado ir ao cinema à noite. E, apesar disso, pode cair. Quer dizer, ele pensa "contra" o seu peso, ele sonha contra o seu peso, em suma, contra algo nele que está permanentemente orientado para baixo, para o repouso, para...

– O poeta Francis Ponge já disse que a água tem uma só obsessão: o peso.

– Mas o homem, não. Ele pesa sem querer. O homem é Ícaro, é Santos Dumont, é Nijinsky, os inimigos do peso.

– Bom, quer dizer que a vida humana é o... contrapeso!

– Pode ser. Que faz um homem que se atira do décimo andar, senão abandonar-se a seu peso? Senão negar todos os valores, negar-se a todas as fantasias e reduzir-se a um bólido, um fragmento de matéria, um peso que cai?

O resto da conversa não conto. Nem me parece necessário. O certo é que desde aquele dia não posso ver um buquê de flor sem me dizer, numa constatação de parentesco: "Nós pesamos". O desagradável é que quando vejo um hipopótamo o mesmo pensamento se faz e o mesmo parentesco se constata. Só que o hipopótamo pesa um pouco mais, e não sonha. Ou sonha?

MARAVILHA

*L*eio que a ciência deu agora mais um passo definitivo. É claro que o definitivo da ciência é transitório, e não por deficiência da ciência (é ciência demais), que se supera a si mesma a cada dia... Não indaguemos para que, já que a própria ciência não o faz – o que, aliás, é a mais moderna forma de objetividade de que dispomos.

Mas vamos ao definitivo transitório. Os cientistas afirmam que podem realmente construir agora a bomba limpa. Sabemos todos que as bombas atômicas fabricadas até hoje são sujas (aliás, imundas) porque, depois que explodem, deixam vagando pela atmosfera o já famoso e temido estrôncio 90. Ora, isso é desagradável: pode mesmo acontecer que o próprio país que lançou a bomba venha a sofrer, a longo prazo, as conseqüências mortíferas da proeza. O que é, sem dúvida, uma sujeira.

Pois bem, essas bombas indisciplinadas, mal-educadas, serão em breve substituídas pelas bombas n, que cumprirão sua missão com lisura: destruirão o inimigo, sem riscos para o atacante. Trata-se, portanto, de uma fabulosa conquista, não?

E mais. Essa bomba n – cujo elemento básico é o nêutron – tem um respeito admirável por certas coisas como prédios, pedras, ferro e os minerais em geral. Pode, por exemplo, ser detonada sobre uma cidade sem danificar as casas. Depois da explosão, pode mesmo alguém chegar à cidade (de avião) sem perceber o que ali se passou. Verá a cidade intacta, como se estivesse em perfeito e tranqüilo funcionamento. Mas se entrar nas casas, terá uma surpresa: não encontrará ali nenhuma coisa viva, pois essa bomba disciplinada destrói inapelavelmente tudo que vive: bicho, planta, gente.

Não é formidável? Deixemos de lado certos preconceitos tolos, como esse – antiquado – de ser a favor da vida, e falemos franco: é ou não é uma maravilha essa nova bomba que a ciência nos deu de presente?

E quem sabe não será ela a derradeira maravilha do mundo?

CABO DE DOMINGO

*S*e você gosta da moça e quer tê-la consigo, o caminho legal é pedi-la em casamento. Foi o que fez Antônio Bertoni ao se ver tomado de paixão pela farda de nosso glorioso Exército. Não foi ao General Lott (nesse caso, o pai da moça), mas procurou a Circunscrição de Recrutamento e falou de suas pretensões. A família da moça era exigente: antes de mais nada, seu Antônio, é preciso saber se o senhor está fisicamente à altura de nossa casta filha. E lá se foi o rapaz, amoroso e não seguro, para o Serviço Médico do Exército, onde lhe tiraram a roupa, mediram, auscultaram, pesaram. Seria já um estranho princípio de noivado, mas nem isso: consideraram-no "incapaz".

Quem já teve um amor, sabe o que é isso. Três vezes maldita medicina – pensava Antônio Bertoni em seu quarto vazio – que toma por taquicardia aquele bater de peito que outra coisa não é senão o pipocar da paixão! E decidiu-se, como verdadeiro apaixonado, a desrespeitar a lei: roubar a moça.

Roubou não é bem o termo: comprou. Foi à Alfaiataria Paissandu e fez a encomenda de uma farda. Uma farda de cabo. E desde então todo fim de semana (só aos sábados e domingos), Copacabana, Tijuca, Flamengo, pelos olhos de suas moças modestas, admiraram o porte do cabo Bertoni. Até que um dia, em frente ao quartel da 2ª Companhia, deram-lhe voz de prisão.

O Conselho de Justiça, vendo que Antônio Bertoni queria apenas "dar-se a ilusão de ser militar", absolveu-o, e o mesmo fez, mais tarde, o Supremo Tribunal Militar.

– Não sabia que seu ato era criminoso?

– Gosto da farda e só queria usá-la aos domingos e feriados.

– Ignorava as possíveis conseqüências disso?

– Não, mas de que outro modo ser cabo, se o Exército me enjeitou?

Devolveram a Bertoni a liberdade, mas não lhe devolveram a farda de cabo. Ah, liberdade aparente, prisão sem grades, que és tu agora, Copacabana, para um cabo sem farda? Domingos na Tijuca, festivos sábados da Penha, já nada sois! E tanto cabo que sai à paisana, sem licença, arriscando-se mesmo a levar cadeia...

Cabo Bertoni, nessa altura de sua paixão, bato-lhe continência e lhe digo: compre outra farda na Alfaiataria Paissandu.

BONS TEMPOS DIFÍCEIS

*E*ram tempos difíceis mas felizes. Eu tinha um emprego na revista do Instituto de Aposentadoria dos Comerciários, cujo diretor era João Condé que, com seus irmãos José e Elísio, fundara e mantinha o *Jornal de Letras*. Na Revista do IAPC, de fato um boletim de informações para os funcionários salpicado de alguma colaboração literária. Apesar disto, sua redação ostentava alguns nomes de destaque na vida literária do Rio de então: Lúcio Cardoso, José Condé, Breno Accioly, Hélio Pellegrino... que iam lá apenas para assinar o ponto. Eu era o único que cumpria o horário integral, de manhã e de tarde. Não porque me obrigassem, mas porque ali eu tinha uma sala só minha, com telefone e máquina de escrever. Passava os dias lendo e escrevendo poemas, ou tentando escrevê-los. De vez em quando, me pediam para bater alguma coisa à máquina ou escrever uma colaboração para a revista. Fora daí, era o papo com os amigos. O salário era curto mas eu almoçava no restaurante popular do próprio IAPC, que ficava ali perto, na rua México. Ao fim da tarde, ia para o Vermelhinho, na rua Araújo Porto-Alegre, em frente à ABI, onde se encontravam pintores, escritores, críticos e alguns vagabundos, como eu, em começo de carreira.

Meu companheiro mais constante era Décio Victório, poeta maldito, que só escrevera trinta poemas e vivia às voltas com eles, fazendo-os e refazendo-os, numa ortografia que ele mesmo inventara. Os poemas eram ótimos mas ele se negava a publicá-los. Ofereci-me para levá-los aos suplementos a que tinha acesso mas ele resistiu. Finalmente os editou num pequeno folheto, que com minha ajuda foi dado a vários escritores. Uma semana depois, ele se arrependeu e saiu tomando os exemplares de volta para queimá-los, exceto o meu, que me neguei a devolvê-lo.

Outro amigo, que pouco aparecia por ali, era o Danilo. Herdara do irmão escultor algumas matrizes de medalhões com o rosto de Rui Barbosa, Gonçalves Dias, Castro Alves e outras figuras consagradas do nosso mundo cultural. Mandava copiá-las em gesso e saía oferecendo-as nos escritórios de advocacia ou instituições culturais. As vendas eram raras e, por isso mesmo, passava os dias andando pelas ruas do centro, sempre olhando para o chão, na esperança de achar alguma coisa de valor – uma moeda, um brinco, um cordão de ouro, uma medalha – que pudesse vender ou empenhar na Caixa Econômica.

– Sempre acho algum troço – garantia-me ele. Por estas ruas andam centenas de pessoas por dia. É impossível que nenhuma delas deixe cair alguma coisa no chão.

Apelidei-o de "procurador geral".

Um dia ele chegou preocupado e me confidenciou:

– Estou ferrado. Meu filho está vindo aí.

Nem sabia que ele tinha filho. Esclareceu que tivera um com uma moça que depois o largara e voltara para sua terra. Estaria agora com uns quinze anos.

– O problema é que, nas cartas que escrevi a ele, contei muita vantagem, disse que estava bem de vida, que era dono de uma fundição de obras de arte. Imaginou quando ele entrar em meu quarto de fundos, fedendo a mofo, na rua Taylor?

– Quantos dias ele vai ficar aqui no Rio?

– Um dia só, de passagem para São Paulo, onde mora o avô dele.

Pensei e encontrei a solução. Liguei para Gerson, que morava, às custas do pai rico, num belo apartamento em Laranjeiras. Expliquei a situação e ele achou divertido. Emprestaria o apartamento a Danilo com empregada e tudo.

– Ele pode almoçar aqui com o filho e você virá de convidado.

Mas não foi preciso. No dia seguinte, Danilo recebeu um telegrama do filho. Voaria direto para São Paulo, com o avô, que iria buscá-lo em Vitória. Eu e Danilo tomamos um porre aquela noite.

O MELHOR DE NÓS

Sempre que me deparo com uma máquina, mesmo que seja um simples torno mecânico, fico impressionado com o acúmulo de conhecimento, experimentos e trabalho humanos que possibilitaram a sua fabricação. E digo a mim mesmo: "Se dependesse de mim, esta máquina não teria sido feita". É verdade. De mim e todos os poetas, pintores, músicos, filósofos... que jamais seriam capazes – a exceção é Da Vinci – de pensar a realidade em termos práticos, técnicos, com o propósito de resolver problemas de vital importância para as pessoas. Se dependesse de nós, poetas, artistas, filósofos, a humanidade ainda estaria na idade da pedra.

Faz algumas semanas, passei com o carro em cima de um buraco e uma das rodas empenou. Levei-o a uma oficina e fiquei observando o trabalho do mecânico. Mais uma vez me deslumbrei com a quantidade de conhecimento transformado em tecnologia posta em função para resolver o problema daquela roda empenada. E ficava claro para mim, a cada ação das máquinas e ferramentas, como, ao longo dos anos, pequenas descobertas, inovações, aperfeiçoamentos, em diferentes campos, foram se encadeando e juntando para tornar mais eficaz e precisa a máquina de hoje. E isto apenas ali, naquele mínimo campo da tecnologia. O que dizer então das complexas e sofisticadas máquinas que movem a civilização contemporânea?!

É, nós, poetas, não servimos pra nada...

Será mesmo verdade que não servimos pra nada? Seria se tudo o que importasse na vida das pessoas fossem as questões materiais e práticas. Mas não é assim. Os técnicos, os engenheiros, os operários, os inventores, os empresários, para seguirem adiante, necessitam de um outro tipo de combustível que se não extrai do petróleo nem dos átomos: necessitam dar sentido à sua vida, ao seu trabalho; necessitam de poesia, de sonho, de algum tipo de transcendência ou simplesmente de alegria.

A época moderna, particularmente o século XX, caracterizou-se pela confiança na ciência, na técnica, na objetividade e na razão; a contrapartida foi a subestimação dos valores ditos espirituais, particularmente os mais ligados à emoção e à intuição. Se é certo que há uma arte do século XX e que essa arte ganhou peso e visibilidade na sociedade contemporânea, é impossível ignorar o quanto influiu nela a intenção de substituir o poético pelo científico, o intuitivo pelo racional, e como isso contribuiu para a crise a que ela chegou em nossos dias. Pode parecer contraditório o que digo, quando se considera que um dos traços importantes da arte contemporânea é a irracionalidade e o *non sense*. A contradição é aparente: os pólos opostos se atraem.

Mas o meu propósito aqui não é discutir os problemas da arte contemporânea e sim afirmar a importância crescente da arte – em suas diferentes manifestações – para o homem de hoje. Mais uma vez posso parecer contraditório, pois logo acudirá ao leitor uma indagação pertinente: a arte, em nossos dias, não está sendo cada vez mais substituída pelo entretenimento? não é a música de má qualidade que prepondera? não é o *pop star* de duvidoso talento que ocupa o maior espaço na mídia? e isso não se estende também ao próprio campo da literatura?

Tudo isso em grande parte é verdade. E esta é precisamente a razão por que, mais que nunca, devemos valorizar a melhor música, o melhor cinema, o melhor teatro, a melhor pintura, a melhor poesia. Certamente não seremos a maioria, não mudaremos os índices de audiência nem inverteremos a lista dos mais vendidos. O que importa é manter viva a chama da verdadeira arte, que afirma e preserva o que de melhor o homem inventou para tornar-se humano.

POMBOS

Não sei o que estará pensando, a esta hora, de todo esse movimento em favor dos pombos do Rio de Janeiro, mestre Bernardo, atirador, autor do clássico *O tiro ao pombo,* volume de quase mil páginas em que se ensina como atirar infalivelmente em pombos, marrecos, patos, codornas e outras aves indefesas.

É bem possível que mestre Bernardo considere tudo isso um exagero e reafirme sua tese de que pombo só como alvo ou como guisado. Eu, porém, creio na importância social, poética e urbanística do pombo.

Talvez nenhum teórico se tenha lembrado de incluir, entre as condições essenciais para o bom funcionamento das cidades, a presença de pombos em suas praças e ruas. Argumentamos: a praça de São Marcos em Veneza é um modelo de conjunto arquitetônico-urbanístico, mas seria pouco mais que uma relíquia sem os pombos que a povoam, que agitam e conduzem nas asas, de um lado para outro, o espaço, que é a alma da praça. Porque os pombos são também (se me permitem a metáfora) arquitetura móvel e aérea, monumentos fluidos das cidades.

Isso por um lado. Por outro, temos que reconhecer a alegria que nos dá tropeçar num pombo ou mesmo vê-lo perto de nós entre o lufa-lufa do trânsito e a algazarra eleitoral. Não se pense no entanto que falamos aqui do pombo (ou pomba) da paz; nem falamos da pombinha do Divino, louvada ao som de caixas, cachos de banana, cachaça, mastro florido. Falamos do pombo pombo, de carne e vôo. Quem nunca tropeçou num pombo desses na Cinelândia não compreenderá bem o valor de um pombo – sua importância social.

Tropeçar num pombo e vê-lo afastar-se como uma pessoa, ter um pombo a nossos pés, catando tranqüilamente um grão na calçada, é bom como carinho de filho: o pombo reconhece em nós o inocente. Debaixo do corretor de imóveis, do camelô, do jornalista, descobre o bom sujeito que está em nós esquecido.

Por tudo isso devemos apoiar a campanha em favor dos pombos e incentivar o trabalho de Luís Carlos, o repórter-poeta, inspirador da campanha que moveu e comoveu os turistas de Veneza, as autoridades brasileiras e italianas, os comerciantes de milho e que terminará – estou certo disso – com a ferocidade do próprio mestre Bernardo.

TESTEMUNHO

Vejo uma aranha caçar uma mariposa – eis o problema. Mato a aranha? Deixo a aranha viva e salvo a mariposa? Deixo a aranha devorar a mariposa? O fato se passa numa terça-feira de carnaval, mas não faço alegoria. Não me refiro veladamente a um pierrô malvado que seqüestra uma indefesa colombina... É carnaval, mas estou sentado à minha mesa de trabalho e é a trinta centímetros de mim, sob a borda da janela, que se processa esse assassinato.

Detenho-me e observo. A mariposa se agita presa por fios invisíveis, e já da sombra surge a aranha, pequenina, dedilhante. A princípio sou pura curiosidade: a aranha é muito menor que a mariposa, que irá fazer? Aproxima-se, faz uma volta em torno dela, detém-se em certos pontos, move afanosamente as pernas. A mariposa se agita menos, enleada. É quando intervém em mim o sentimento: a aranha vai devorá-la! O seu trabalho agora é sinistro: sobe na mariposa, tece-lhe na cabeça, procura·virá-la, muda de posição – upa! – vira-a. Parece um homem trabalhando, amarrando sua presa.

Ouço distante o rumor de um bloco que passa lá na rua dos fundos. O Rio inteiro está mergulhado na folia, e é como se a aranha aproveitasse essa distração para cometer o seu crime silencioso. Por acaso, um dos habitantes da cidade –

eu – ficou em casa e com isso a aranha não contava. Sou a testemunha. Mais que isso: posso evitar o crime. Bastaria um gesto meu e a mariposa estaria salva.

Devo fazê-lo?

Enquanto isso, a aranha continua sua faina sinistra. Agora arrasta a mariposa, já imobilizada, para aquele canto da sombra, sob o parapeito, donde saíra momentos antes. Percebo na aranha uma inteligência quase humana. Pobre mariposa, e o carnaval troando lá fora! Vou salvá-la. Ergo a mão, mas vacilo como uma divindade irresoluta. Um segundo, minha mão onipotente detém-se erguida no ar. Enfim, para que servem as mariposas?

– Para que as aranhas as comam – responde-me a aranha sem interromper seu serviço.

– Sim, mas para que servem as aranhas?

– Para comer as mariposas.

– Ora bolas, mas para que servem as aranhas e as mariposas?

A aranha já não se dignou responder. A essa altura sumira com a mariposa sob o parapeito da janela. Alguém, providencialmente, bate à porta do escritório e me chama à realidade dos homens.

TESOURO

Onde tem formiga tem ouro – diziam os mais velhos. E essa afirmativa fabulosa vinha-nos sempre à lembrança quando as formigas de asa, filhas do Inverno, começavam a brotar das tábuas velhas do assoalho. Cheguei mesmo a propor a meu pai que retirássemos as tábuas do quarto e cavássemos o chão: o ouro compensaria o trabalho.

– Que ouro nada, menino! Aí tem é aranha e barata.

Mas as lendas de tesouro não nasceram sem razão: têm raízes profundas no homem. As crianças, que ainda não têm do mundo uma visão tão dura e pobre, não desistem tão facilmente dos tesouros ocultos. Nós lá de casa não desistimos.

Um belo dia, uma de minhas irmãs sonhou que havia uma caixa de dinheiro enterrada no quintal. Uma voz lhe dissera: "dê cinco passos a partir da mangueira na direção das bananeiras; nesse ponto está o tesouro enterrado".

Decidimos desenterrá-lo. Tínhamos uma picareta e uma pá, que nos pareceram suficientes para realizar o trabalho. Marcamos a direção, contamos os passos e começamos a cavar. Éramos cinco, contando com a lavadeira, que foi convocada para o serviço extraordinário. Nós nos revezamos e o buraco foi crescendo. Ao meio-dia, quando entramos em casa para almoçar, nossa mãe levou um susto: tínhamos barro dos pés às sobrancelhas. Depois do almoço, com o sol ainda quente, voltamos ao trabalho. E cavamos sem interrupção até à hora do jantar.

Cavávamos e sonhávamos. A dona do tesouro – a que ouvira a voz – prometia repartir as moedas entre todos. A lavadeira teria também uma boa recompensa. Compraríamos roupas novas, brinquedos, doces e daríamos uma festa com orquestra. De minha parte, entre cético e fascinado, pensava apenas na descoberta: seria formidável que tudo fosse verdade, que ali houvesse realmente uma caixa de moedas de ouro.

Os adultos de casa riram muito de nós, à mesa do jantar. Mas ninguém sugeriu que interrompêssemos a escavação. Além do mais, já encontráramos um indício: uma imagem de alumínio representando São Jorge. Ali havia alguma coisa – estávamos convictos. Cavamos noite adentro, à luz de velas.

A faina foi retomada na manhã seguinte, bem cedo. É certo que, a essa altura, a pá e a picareta doíam em nossas mãos cheias de bolhas d'água. O buraco já me batia pela cintura. Em ritmo mais lento atravessamos este segundo dia e interrompemos o trabalho ao anoitecer. Prometêramos continuar durante a noite, mas estávamos exaustos e fomos dormir cedo.

O outro dia amanheceu chovendo, e a chuva durou o dia todo. Não trabalhamos. Na manhã seguinte, o sol se abriu, mas nosso entusiasmo já se tinha fechado. O buraco estava cheio de água e era desagradável mexer com aquela lama.

Faz muitos anos que isso aconteceu. O tempo deve ter fechado o buraco que nosso sonho abrira, em vão. Mas aqueles dois dias de trabalho em equipe valeram o ouro que não existia em nosso quintal.

GUERRA

*E*stamos em guerra, não há dúvida. Não me refiro à guerra fria entre a URSS e os Estados Unidos nem à guerra econômica deste contra Cuba. Refiro-me à guerra cotidiana, essa que todos nós pelejamos, mal começa o dia. Guerra não declarada, não percebida pela maioria – mas guerra de fato. Nem fria nem quente: morna.

Trata-se de uma guerra minuciosa e sem quartel, sem exércitos formados e sem generais (bem, há os generais, mas, na batalha cotidiana, cada general comanda a si mesmo: e somos todos generais). É a guerra do leite, da carne, do pão, da manteiga, do emprego, do amigo, do inimigo, do lotação, do trem, do elevador. Batalhas tachistas, indeterminadas e sinuosas. Não obstante, duras.

Dentro dessa guerra cotidiana, há batalhas microscópicas: é um sujeito que lhe pisa o pé ou o empurra. Você reclama ou não, revida ou não. O outro também está guerreando, de arma em riste, e lá vai a guerra para diante. E há a guerra subterrânea da memória, a chamada luta intestina do homem consigo mesmo, do adulto com a criança soterrada, do coração com a mente. Olho da janela e vejo a avenida cheia, pessoas que vão e vêm, na aparente tranqüilidade desta morna guerra.

Quem me chamou a atenção para esse fato foi um amigo, que entrou comigo numa loja de artigos para homens, na Lapa, há uns seis anos. Havia na vitrina uma camisa simpática e bem barata. O dinheiro era curto e a ocasião, propícia. Entramos para ver, mas o vendedor só nos mostrava camisas que custavam o dobro da exposta. Depois de muito, confessou que da que estava na vitrina não havia mais em estoque. Mas o fez com maus modos, e eu revidei: "É por isso que sua loja fica às moscas. Vocês embromam os fregueses". Disse e fui saindo com meu amigo. E eis que o dono da loja e os empregados avançaram para nós aos insultos. Tratamos evidentemente de dar o fora, contentando-nos com os revides, de longe. Nesta altura, meu amigo teve a frase definitiva: "Vocês estão querendo é guerrear". Era mesmo. E nesta batalha estamos todos, inapelavelmente. Todos os dias, tomo meu banho e meu café, visto-me, dou adeus aos meninos e saio para guerrear. À noite, se volto, volto ileso ou ferido, mas as feridas ninguém vê.

NUVENS

*P*orque hoje é Natal e por todos os cantos há brinquedos e árvores coloridas, e porque todos esperam que o cronista escreva sobre o assunto do dia, ele se esquiva e muda de assunto. Que outro, não eu, a pedra corte...

Mas se fujo do Natal – do qual não faço muito esforço para me desligar porque, na verdade, ele sempre ocorreu fora de mim – não fujo das nuvens. Dumas nuvens que um homem velho me fez ver (faz dez anos) à margem do Parnaíba.

Não era Natal, era um dia qualquer de semana que entardecia num lugar estranho, com um rapazola numa varanda de casa de roça. Veio o velho, sentou-se na escada e olhou para o céu.

– Conhece os bichos da nuvem? Gente de cidade não conhece nada... Olhe lá: um camelo. Está vendo?

Um camelo absurdamente leve deslizava contra o céu côncavo.

– Do camelo está nascendo um velho, não, um dragão. Um dragão comendo um coelho.

E assim foi. De cara para o alto ficamos os dois a descobrir – como diz o poeta – "a fauna e a flora de um país de vento". Mas nem eu nem aquele velho homem da roça sabíamos desse poeta, enquanto brincávamos ao crepúsculo com as coisas do céu. E um halo de luz sacra envolvia a nós e aos nossos bichos de nuvem, que a noite dissolveria em breve e para sempre.

É minha história de hoje, e não pense o leitor que há qualquer alusão aos brinquedos natalinos nesses bichos efêmeros que o vento dissipou, àquela tarde, sobre o rio Parnaíba. Nem o vento nem eu gostamos de símbolos propositais.

GIRAFA

Leio que no Jardim Zoológico há uma girafa, macho e triste, chamada Santoro, que matou a companheira e por sua vez está morrendo de tristeza. Ao lado da notícia, uma foto do animal: o pescoço infinito ergue contra as nuvens do céu uma cabeça de fábula. É a própria imagem da solidão. Todo homem solitário é uma girafa. Perdoem se deliro, mas é. Como vêem, discordo de Kafka, que transformou um homem solitário em inseto. Há os que viram inseto, admito, mas há os que atravessam as ruas vertiginosamente sós, com a cabeça nas nuvens. Se ser solitário é ser girafa, o que não será uma girafa solitária?

Consulto o fascinante livro *Mamíferos,* editado pelo MEC, aprendo que nas horas de aflição as girafas gemem baixinho – é a sua fala. E, para confirmar minha intuição, leio que, por ter pescoço tão comprido, a girafa não consegue lamber o próprio corpo. É a companheira quem faz esse serviço para ela. Quer dizer que uma girafa solitária não se basta, nem pra se coçar. A forma diz tudo. O pescoço a distancia de si mesma. E penso com mais pena ainda na girafa Inocêncio Santoro, só, no Jardim Zoológico, fitando por cima das árvores um horizonte sem esperanças...

girafa   *farol*

    gira

    sol   *faro*

girassol

    Mistura de bicho e planta, a girafa é quase um ente mitológico. Com sua forma antiga e onírica, ela parece vir de uma idade em que não apenas os homens mas a própria natureza gostava de sonhar.

GELADEIRA

Se tudo em sua casa está correndo bem, não tem criança doente, não tem cano vazando, o ferro não queimou, a empregada está durando e até que faz as coisas direitinho, se a paz reina em seu lar, meu amigo, fique quieto. Não compre, por ora, um "Hi-Fi". Sobretudo, não compre, por ora, uma geladeira.

Bem, o diabo tenta, e, se você não toma cuidado, ele assume a cara dum amigo e lhe segreda no ouvido: "sem entrada, sem mais nada". Você é fraco, você sonhou com uma geladeira. Sem entrada, sem mais nada? Sem entrada, sem mais nada! – jura o, digamos, amigo. Lá vai você com a patroa, centenas de geladeiras alvinhas desfilam diante de seus olhos, tudo se arruma, se articula, você torna-se dono de uma geladeira. À noite, antes de adormecer, você considera que foi tudo tão simples. E espera o dia seguinte.

– Que dia o homem disse que mandava?

– Dentro de uma ou duas semanas.

– Tanto tempo assim!?

– É que depende da fábrica, o depósito é longe.

Esgotado o prazo, os livros perdem sentido. Proust é bobo, Faulkner é prolixo, a poesia concreta começa a irritá-lo. As crianças começam a irritá-lo. Sua mulher começa a irritá-lo.

– Que culpa tenho eu? O homem disse que mandava!

Todos os assuntos perderam o interesse. E não se pode mais sair de casa: "se sairmos hoje à tarde, pode chegar a geladeira, a empregada não saberá o que fazer". Enfim, desesperados, se vocês resolvem sair a geladeira chega, a empregada se amedronta, os homens largam a geladeira na rua. Você volta do serviço, cansado, vai montá-la, improvisa uma instalação, liga o interruptor. Às duas da manhã a geladeira não gela. Você vai dormir decepcionado. O resto é fatal: telefonar para a fábrica, a geladeira volta. Outra? Só quando chegar nova remessa de São Paulo.

A essa altura o ferro queimou, as crianças griparam-se, a empregada foi embora, o patrão está irritado com a sua falta de atenção no serviço. Tudo o que você queria era ter água gelada ao almoço, refresco no verão (de maracujá) e outras pequenas coisas irresistíveis que adivinhava sair de uma geladeira. A remessa de São Paulo virá, as coisas, desta vez, correrão bem, a geladeira funcionará, mas o seu sonho ardente já está gelado.

    – A geladeira chegou, está gelando.

    Aproveitemos para congelar a primeira prestação.

MUDANÇA

*D*eixar a pensão Roma – com seu café da manhã frio e suas toalhas de mesa manchadas de gordura – tornara-se uma necessidade urgente. Mas que fazer? Mudar para outra pensão? Essa primeira experiência não me animava a isso. Conversei com Eduardo, o outro brasileiro que ali morava. Talvez pudéssemos alugar um apartamento, que acha? E o dinheiro dá? Fizemos a conta por alto e vimos que não dava. Era preciso outro sócio, partir o aluguel por três e não por dois. À hora do almoço, ele me trouxe a solução: a sua amiga *hippie* francesa topara ir morar conosco.

No dia seguinte, com os recortes de anúncios e um mapa da cidade, saímos em campo. O primeiro apartamento que visitamos ficava perto da pensão, num enorme e antigo edifício. Não consegui me demorar nele mais que cinco minutos: parecia uma masmorra, com suas paredes geladas, descascadas e uma cama construída em cimento. Não havia luz nem janelas.

O quarto ou quinto apartamento visitado nos agradou. Ficava no bairro de San Isidro. Era amplo, dois quartos, um janelão de vidro por onde entrava a claridade do dia, mobiliado, o que vinha a calhar, pois nos dispensaria de comprar móveis. O aluguel é que era bem mais caro.

– Vale a pena – garantiu Eduardo. – Não vamos perder este apartamento. Tem até televisão, cara!

A proprietária morava quase em frente e, sem perda de tempo, fomos falar com ela. Era uma sexta-feira. Éramos os primeiros pretendentes e a senhora estava disposta a nos alugar o apartamento, desde que apresentássemos fiador idôneo e déssemos de entrada uma quantia corresondente a um aluguel. Sem hesitar, topamos. Assinamos o contrato agora, disse-lhe eu. Mas a proprietária queria, antes, a carta do fiador e as provas de suas rendas. Se conserguirmos isso, podemos mudar para o apartamento amanhã? Ela respondeu que sim e nós saímos atrás do Guy de Almeida, que tinha alto cargo numa entidade internacional. Uma hora depois estávamos de volta.

– E o depósito em dinheiro?

– Daremos em dólares. Aqui está.

– Não, em dólares não, disse ela para minha surpresa.

– Como? Não aceita dólar?

– Se o governo souber, me prende. Troquem em soles, me tragam aqui e assinaremos o contrato.

– Mas os bancos já estão fechados e amanhã é sábado.

– Troquem segunda-feira.

– Queríamos nos mudar amanhã mesmo.

– Dólares não aceito.

Foi aí que tive uma idéia brilhante. Deixaríamos nossos passaportes como garantia até trazermos o dinheiro. Faríamos a mudança no dia seguinte e segunda-feira tudo seria legalizado. A mulher ouviu, pensou. Eduardo usou de todo o seu charme, eu de meus argumentos. Era para nós uma questão de vida ou morte. Engraçado, de repente conseguir aquele apartamento parecia a coisa mais importante da vida. E conseguimos. Na manhã seguinte, com nossas quatro maletas e duas bolsas de livros deixamos a pensão Roma e nos instalamos na morada nova. Felizes da vida.

Foi somente à noite quando, refestelados nas poltronas da sala víamos televisão, que nos demos conta da situação real em que nos metêramos. Primeiro ponto: a francesa desistira de juntar-se a nós. Segundo ponto: em dezembro chegava minha família e eu teria que alugar outro apartamento, bem maior.

– Sozinho não terei como pagar o aluguel – constatou Eduardo, quase alarmado.

Dezembro era dali a dois meses. E o contrato prevê uma multa de trinta por cento do valor total para quem rompê-lo!, lembrei.

– Sabe de uma coisa? Acho melhor desistirmos deste apartamento enquanto é tempo.

– Cara, estamos aqui há menos de doze horas! A proprietária vai pensar que nós somos loucos. Insistimos tanto em alugá-lo.

Terminei essa última frase já às gargalhadas. Eduardo também ria e caímos os dois numa risadaria incontrolável.

No dia seguinte de manhã cedo – antes que a proprietária acordasse na casa em frente – fugimos os dois, aos tropelões, carregando nossas maletas e sacolas, de volta à pensão Roma.

O diabo foi, na segunda-feira, enfrentar a dona do apartamento e recuperar nossos passaportes. Como ela temia o governo peruano, calculei que devia temer outros governos e lembrei-lhe que apreender passaportes era um crime punido pela legislação internacional. Ela se rendeu.

NA PENSÃO ROMA

Quem leu minha crônica anterior já tem uma idéia do que era a pensão Roma, em Lima.

Mas é preciso defini-la melhor.

O prédio, um velho sobrado de dois andares, com entrada por uma porta estreita e uma escadaria íngreme e gasta. Um insuportável odor de coisa mofada. No primeiro andar, um fotógrafo que também fazia cópias fotostáticas de documentos, mas que não funcionava por falta de filmes e fregueses. No segundo andar, a pensão, com uma sala de estar, três poltronas velhas, uma mesa e ao fundo uma escrivaninha atrás da qual estava o proprietário: um velho magro, sempre calado, que passava o dia a mexer com um álbum de selos. Na parede às suas costas, pouco acima de sua cabeça, o telefone, que obviamente não podia ser usado sem que ele soubesse e anotasse o preço da chamada. Em volta desta saleta, estavam os melhores quartos, ocupados por gente soturna, mal de vida, que tomava café e saía para o trabalho muito cedo. Adiante da saleta, a sala de jantar, com mesas e cadeiras ordinárias; à sua direita, a cozinha, e depois uma área descoberta onde, construídos de tabique, ficavam os quartos piores, um dos quais era o meu. Entre os hóspedes havia alguns estrangeiros, vestidos à moda *hippie,* sujos, cabeludos, e gente de outros países latino-americanos.

Foi quando caiu o governo de Allende e começou a

aparecer em Lima gente que fugia de Pinochet. Um estudante brasileiro, que cursava a universidade de agricultura, veio me dizer que recebera a missão de ir buscar no aeroporto uma moça que fugia do inferno chileno. Mas vinha já de Costa Rica, ele não sabia direito.

– Me pediram para arrumar um quarto pra ela aqui – explicou-me ele. – Será uma garota bonita?

– Se é chilena...

Tampouco sabia se era chilena. Mas fomos esperá-la no aeroporto Jorge Chavez, altas horas da noite. Conseguimos identificá-la e a levamos no carro emprestado pela pessoa que encarregara o estudante de recebê-la.

Não era propriamente uma garota: era uma mulher de seus trinta anos com uma cara bonita mas séria e que não parecia fugir de coisa alguma, embora fosse essa a indicação que tínhamos.

– Como foi a coisa no Chile, dura não?

– Creio que sim – respondeu ela.

Atribuí-lhe o propósito de dissimular de onde vinha, temendo sabe-se lá o quê. O fugitivo tem medo de tudo...

– Asilou-se em alguma embaixada? – insistiu o estudante.

– Eu? – espantou-se a coroa. – Exilar-me por quê?

Ficamos sem entender nada. Teríamos recebido a pessoa errada?

– Seu nome é...

– Beatriz.

– Então é você mesma. É que nos disseram que você...

– Não sou asilada nem exilada. Trabalho para uma entidade internacional com sede em Paris, que cuida dos exilados políticos e lhes oferece ajuda. Acabo de visitar a Costa Rica e o Panamá, onde conversei com autoridades governamentais acerca da situação dos exilados que não podem permanecer nesses países ou que desejam ir para a Europa. Aqui venho para conversar com o governo peruano em nome da entidade a que pertenço...

137

Eu e o estudante nos entreolhamos espantados. Nossa preocupação era uma só: o carro nos conduzia, àquela hora da madrugada, para a degradante pensão Roma. A vontade de rir era quase incontrolável. Que confusão dos diabos. Da mulher emanava um suave, requintado perfume parisiense. E eu suava frio pensando no cheiro mofado dos quartos da pensão.

– Parece que houve um equívoco – disse eu. – Nos disseram que chegaria uma jovem exilada e nos pediram para conseguir um quarto na pensão onde moramos.

Ao falar a palavra pensão já comecei a rir e o estudante também.

– É um pardieiro – disse ele.

A mulher nos mirou desconcertada mas não perdeu o rebolado.

– Não importa. Se não gostar, mudo para um hotel amanhã.

– É pena que já seja tão tarde, e não conhecemos direito a cidade, senão...

– Não se preocupem. Por uma noite, qualquer coisa serve. Quero apenas tomar um banho, que estou viajando há quase doze horas.

Um banho de madrugada na pensão Roma! Reprimi o riso. Se de dia é uma mão-de-obra...

– Me sinto imunda – sublinhou a mulher que não obstante cheirava mais que o estudante, eu e o chofer reunidos. Mas tudo é relativo, não é verdade?

Antes que pudéssemos explicar à bela advogada para que tipo de pardieiro ela estava sendo levada, o carro parou em frente à pensão, no sombrio Jirón de la Unión. Subimos penosamente, com as maletas que eram muito pesadas. Na sala, acendemos a luz, lhe indicamos o quarto, onde havia uma cama enorme, coberta com uma colcha descorada, e dura que só pedra. Adivinhei algo e fui correndo ao meu quarto buscar um rolo de papel higiênico e uma toalha limpa, que no banheiro da pensão Roma não havia nada disso: cada qual comprava o seu. A mulher compreendeu tudo e seu rosto, de repente, apresentou uma grave palidez. Tive pena dela.

— É só uma noite — disse-lhe — tentando confortá-la. Amanhã lhe arranjaremos um hotel digno.

E realmente arranjamos. Não foi fácil, porque a mulher acordou irritada e resolveu descarregar em cima de nós dois o desleixo do amigo a quem avisara de sua vinda. Lá pelas doze horas do dia seguinte, conseguimos nos ver livres dela.

— Não faz mal — comentou sarcástico o estudante. — Pelo menos uma noite, ela viveu como vivem os exilados que ela gosta de ajudar.

A FAUNA DA
PENSÃO ROMA

Lima, no Peru, é uma cidade dramática, com ruas centrais atravancadas de gente vendendo nas calçadas tudo o que se possa imaginar: de broche a cinto de couro, de sapatos a colchões de plástico. Lá, em frente ao Ministério da Educação, conheci um novo tipo de profissional: o cara que vive de datilografar, em pé, ao ar livre, requerimentos burocráticos, a cinco soles cada um.

A pensão Roma ficava no Jirón de la Unión, uma rua que liga a plaza San Martín à plaza de Armas. Era um sobrado velho do tipo colonial, fedendo a mofo, com quarto e comida a preços módicos. Num desses quartos vivia uma francesa, partidária da liberação feminina; noutro, um casal de *hippies* holandeses. Mas havia moradores permanentes, como González, funcionário público que tomava o café da manhã de paletó e gravata.

– Veja que imundície – reclamava ele, mostrando a toalha da mesa coberta de manchas de gordura. – Estou aqui só por mais algumas semanas. Não agüento esta merda.

Um brasileiro, que chegara antes de mim, era amigo da francesa, e a gente jantava juntos. Comida pouca, de suspeita higiene, mas muito temperada. Outro amigo da francesa era um senhor já de seus cinqüenta e vários anos, com cara de bandido mexicano em filme de mocinho. Alto, de

140

gordura flácida, andava apoiado em duas grandes muletas de metal.

— Fui um dos fundadores do movimento socialista no Equador — afirmava ele, gravemente, para a francesa que parecia duvidar de tudo o que ele dizia.

— Socialista? — admirava-se ela. — O senhor?

— E por que não? Eu mesmo.

Cabelo *black-power*, um vestido chambrudo que parecia sempre sujo, ela provocava o equatoriano a cada minuto. E quando ele começou a citar Voltaire, ela soltou uma gargalhada.

— *C'est un con.*

O equatoriano, que se chamava Pérez, tinha uma longa história que não interessava a ninguém naquela mesa. Era jornalista, ensaísta inédito, estudioso da história latino-americana e, sobretudo, de sua pré-história.

— Já acertei com a direção do Instituto Nacional de Cultura para fazer cinco conferências sobre a origem do homem americano.

— E vão lhe pagar?

Pérez olhou enfurecido para Florence. Balançou a cabeça.

— E quando fará as conferências? — perguntei, fingindo interesse, com pena do homem.

— O dia certo ainda não tem. Vou preparar as palestras e só então marcarei a data exata. Está convidado.

— Não me diga que vai afirmar na sua conferência que foi no Equador que surgiu o primeiro homem — provocou-o a francesa.

— Não, nunca disse isso a ninguém. Vou dizer que a origem do homem está na América do Sul, porque isto é verdade. E talvez aqui no Peru. Quem é capaz de determinar a origem de Machu Pichu? Seis mil anos? dez mil? trinta mil?

Quando a Florence se levantou para falar no telefone, Pérez aproveitou para desabafar: a juventude européia era aquilo que estava se vendo ali, ignorância e pretensão. "Pensa que toda a cultura nasceu naquela terra decadente, que exportou o colonialismo e a doença venérea para o mundo todo", disse ele, e acrescentou:

— Já ensinei até em universidade americana. Em Salt Lake City. Fui convidado para fazer palestras, com tudo pago, hotel, e ainda um *pro labore*. E agora essa menina fica a rir do que eu falo.

— Não se incomode, seu Pérez.

A zanga dele era fogo-de-palha. Dois dias depois, estávamos todos no quarto da francesa, de tarde, batendo papo, tomando pisco e cantando. Pérez sentado na cama, as muletas do lado, tocava o violão. Antes de cada música, aproveitava para mostrar seus conhecimentos do folclore e das lutas populares. Eu não me divertia muito, porque meu pensamento trabalhava sem parar e os meus sentidos apreendiam, para além das paredes daquele quarto, a cidade estranha, suja, com suas barriadas (favelas), suas igrejas enormes, seus balcões de madeira esculpida. A sombra do inca e a sombra do vice-reinado pairando sobre tudo. E se misturavam com as nódoas de gordura na toalha, o café com leite frio de manhã e as muletas metálicas do homem que cantava.

Dias depois mudei da pensão, e fui tratar de minha vida. Mergulhado em problemas objetivos e burocráticos, passei meses sem voltar ali. Um dia voltei, junto com o brasileiro que topou comigo na plaza San Martín. Estava na hora do jantar mas as caras eram todas estranhas. Nem a francesa, nem o casal holandês, nem o Pérez. Minutos depois, de paletó e gravata, entra González que começou, como sempre, a reclamar da sujeira e da comida. Por ele soubemos que as conferências do Pérez haviam sido canceladas, que uma revista que ia publicar alguns artigos dele fechara, e que ele, finalmente, com suas muletas e maletas, tomara o trem de volta a Quito. Uma longa e incômoda viagem.

AH, A IMAGEM
DO BRASIL

*T*ipo de cara que eu invejo é aquele que mal chega numa roda de desconhecidos e já se sente à vontade. Fala com voz natural, o olhar tranqüilo e encontra logo o assunto que encaixa no ambiente. Um cara assim é descanso para si mesmo e para os outros.

Por isso senti um desafogo quando aquela noite, na casa de uma família argentina, surgiu um brasileiro simpático. Fazíamos todos – eu e os donos da casa – um esforço razoável para manter de pé a conversa e já estávamos naquela de buscar "semelhanças diferentes" entre a língua espanhola e a portuguesa. A dona da casa tentava pronunciar meu nome – José – como pronunciamos nós, os brasileiros.

– Meu nome se pronuncia assim: José – disse eu.

– E o meu se pronuncia assim: Roberto Fernandes Pinto.

Era o brasileiro que entrava de primeira na conversa, mal tinha chegado à casa, junto com outros argentinos, dos quais ele conhecia apenas um. Senti aquela gratidão quase patriótica e lhe estendi a mão calorosamente. Ele seguiu em frente e logo me contou que no hotel lhe haviam roubado a máquina fotográfica com várias lentes. Era jornalista e estava de passagem por Buenos Aires.

– Mas como te roubaram a máquina?

– Deixei as minhas coisas no hotel e fui a Mar del Plata. Quando voltei...

E me narrou detalhadamente como deu por falta da máquina, as reclamações que fez, deu parte à polícia e foi aí que se deu conta de que a sala estava em silêncio e que ele falava alto de pé no meio da roda, e falava em português. Disse qualquer coisa em espanhol para ver se ele pegava a deixa mas não deu certo. Ele seguia em frente alegre e desinibido. E olhava em volta, falando para todos numa língua que eles mal entendiam ou não entendiam absolutamente. E, ao ver que o assunto da máquina chegara ao fim, fez esta afirmação espantosa:

– Imaginem vocês que eu vim a Buenos Aires para fazer umas pesquisas sobre o tango, e para minha surpresa ninguém aqui entende disso.

Bem. Cabe esclarecer que estávamos ali naquela noite para ouvir um poeta popular argentino, que também escreve letras de tango e é um apaixonado pelo tema. O poeta já havia chegado e com ele um grupo de jovens músicos todos cultores da música popular argentina.

– Você está brincando – disse eu tentando aliviar o ambiente.

– Não estou brincando, não. Os argentinos não entendem de tango. Desgraçadamente esta é a verdade – insistiu.

O poeta tangueiro, homem de seus cinqüenta anos, que sentara no chão, deu uma mirada na direção de nosso patrício, que não se mancou. Longe disso, dirigiu-se ao poeta.

– Diga-me uma coisa – (já agora ele falava portunhol) – conhece Le Pera?

– Sim – disse o poeta. – Foi um bom compositor de tangos.

– Bom não, ótimo! Mas sabe onde nasceu Le Pera?

– Creio que na Espanha – respondeu o poeta. – Não tenho certeza.

– Não estou dizendo! Na Espanha? Nada disso, amigo, Le Pera nasceu em São Paulo, é brasileiro.

– Não sabia – admitiu o poeta.

E logo Roberto mencionava o nome de outro compositor e onde havia nascido. Ninguém tinha certeza, e ele afirmou vitorioso.

– No Rio. É brasileiro também.

– Vejo que não temos nada nosso – comentou o poeta argentino. – Vai ver que o próprio tango é brasileiro e a gente não sabe...

– Na verdade – disse Roberto – só em dois países se cultivou o tango: na Argentina e no Brasil. Tanto que agora estamos tratando de fundar em São Paulo o Museu do Tango. Os argentinos ouviam estupefatos o que dizia o nosso intempestivo patrício, ali de pé no meio da sala. Foi então que reparei no seu blusão vermelho de listas negras nas mangas, na sua calça modernosa e nas botas de cor inesperada, cheia de fivelas e botões metálicos. Estava diante do famoso chato brasileiro, o chato de galocha.

– Quem trouxe esse *boludo* pra cá? – perguntou um dos rapazes.

E Roberto seguia em frente:

– Um museu do tango, para defender o verdadeiro, o autêntico tango que está sendo desvirtuado por essa geração de jovens americanizados.

– Preservar o tango dos anos 20? – perguntou o poeta.

– Mas Buenos Aires mudou, é hoje uma metrópole moderna. Já não há mais aqui o "compadrito" de andar gingado e lenço no pescoço.

– Alto lá – gritou Roberto. – Me baseio na maior autoridade nesse assunto de música popular que eu conheço na América Latina: José Ramos Tinhorão!

Ali apenas eu sabia quem era Tinhorão, meu antigo colega de jornal, mais tarde estudioso da música popular brasileira. Respeito seu trabalho de pesquisador mas divirjo de suas teses puristas. No entanto, ali não era o lugar para discutir essas coisas e tudo o que eu desejava era encontrar um meio de calar a boca do chato. E à falta de outro recurso, vencendo minha timidez, disse em voz alta ao dono da casa:

— Pode pôr na vitrola o disco que você queria que eu ouvisse?

— Claro! É de Tom Jobim.

— Quem? — indagou Roberto, sem perder o rebolado. — Tom Jobim? Prefiro Tonico e Tinoco.

Mas ninguém lhe deu trela, e a música afetuosa e bela de Jobim restaurou naquela pequena casa portenha a simpatia pelos brasileiros.

O CAVALO
SANTORÍN

O Peru nunca se distinguiu pela qualidade de seus cavalos de corrida. Pratica um futebol razoável – que teve uma de suas melhores fases com o técnico brasileiro Didi, ex-campeão mundial e célebre criador da "folha-seca". Todo mundo que acompanha o futebol já ouviu falar em Cubillas, um dos melhores jogadores peruanos, que até a última Copa (1974) ainda integrava a seleção de seu país. Mas o ponto alto do esporte peruano é sem dúvida sua seleção feminina de vôlei. Nas corridas, não, nas corridas o Peru nunca se destacou.

Isso explica, pelo menos em parte, o entusiasmo que se armou em torno do cavalo Santorín. Recém-chegado a Lima, com a alma malferida pela derrota da Unidade Popular no Chile e o massacre promovido por Pinochet, não tinha ânimo para acompanhar a vida esportiva do país. Mirava nas bancas os jornais de esporte e via freqüentemente manchetes que falavam de Pelé. Foi assim que, pela primeira vez, dei com o nome de Santorín, que em breve iria ocupar a primeira página, não só dos jornais esportivos, mas de todos os outros jornais. Foi quando o levaram para disputar um grande prêmio na Califórnia.

Desde o embarque do cavalo num avião de carga da força aérea peruana até seus treinos em território estrangeiro, tudo foi entusiasticamente coberto pela imprensa e pela televisão. Em todos os lugares só se falava em Santorín. E era indisfarçável o orgulho com que os peruanos a ele se referiam, como se se tratasse de uma glória equivalente à de Mariátegui ou César Vallejo. Até o general Velazco Alvarado, presidente da República, foi instigado a se manifestar quanto ao fato. Enfim, anunciou-se que uma cadeia nacional de rádio e televisão transmitiria para todo o país a corrida do próximo domingo. Mas, no sábado, o Peru estremeceu: Santorín estava gripado! Comoção nacional, boataria, queda na bolsa de valores. Mas uma reportagem, que a televisão transmitiu diretamente da Califórnia, devolveu o Peru à tranqüilidade: Santorín não estava gripado, nunca estivera gripado e, pelo contrário, superara-se no treino daquela tarde, confirmando sua condição de favorito para a corrida do dia seguinte.

Chegou o dia seguinte. Ruas enfeitadas, foguetes, o país inteiro parou para acompanhar a carreira do único cavalo peruano que alcançara tal nível de celebridade. Não pude furtar-me a essa onda de patriotismo esportivo e, às quatro da tarde, estava eu lá, diante da televisão, para testemunhar a performance de Santorín.

Foi dada a partida, os cavalos deixam o *grid* de largada e o locutor irradia: "Santorín, que largou na dianteira, continua liderando a corrida". De fato, já os cavalos contornavam a primeira curva do hipódromo e lá estava Santorín, herói peruano, símbolo naquele momento de todas as aspirações e frustrações de um pequeno e pobre país, a liderar a disputa. Ele até parecia consciente do papel que representava ali, tal era o seu esforço para manter-se à frente dos outros animais, e confesso que meu coração bateu forte, meus olhos se molharam e passei a torcer pela vitória de Santorín, pela alegria do povo peruano, que tanto sofrimento tem conhecido ao longo de sua história. "Vai, Santorín." E a voz do locutor: "Santorín agora está em segundo lugar, mas não desiste e persegue seu contendor". Meu empenho cresceu: *"Dale,* Santorín, vamos Santorín!" E o locutor: "Santorín cai para terceiro... agora cai para quarto". Senti que o desânimo queria me dobrar, gritei, como se o cavalo Santorín, tão longe, pudesse me ouvir através do vídeo. E o locutor: "Santorín agora está em quinto lugar... aproximam-se do término..." Parei de gritar. "Cruzam a faixa final... Santorín em sexto e último lugar." Um enorme silêncio pairou então sobre a cidade de Lima. Na semana seguinte, outra manchete: "Surge um novo campeão das pistas: Cocodrilo!"

HORA DO JANTAR

*E*ra a quarta vez que o gato de Cipriano o olhava com invisível indignação. Cipriano, do outro lado da sala, disse para consigo: "É a quarta vez que esse gato me olha com invisível indignação". Perto de Cipriano está Juliana, que, detendo o copo no ar, pensou:

"É a quarta vez que o gato de Cipriano o olha com invisível indignação".

Uma chusma de moscas bordunava sobre o prato de Luciano que, atordoado, exclamou: – Homessa! É a quarta vez que o gato de Cipriano o olha com invisível indignação!

A lâmpada suspensa sobre a mesa despendia uma luz mortiça e velha, na ponta de um cordão gorduroso de dias e escuridões alimentares. Uma mosca pousou no focinho do gato de Cipriano que ainda o olhava (pela quarta vez) com invisível indignação.

Uma estampa amarelada da Santa Ceia estava ali, a meio metro da cabeça de Cipriano que, encostado à parede, murmurava: "É a quarta vez que esse gato me olha com invisível indignação".

Um retrato, de barba, assistia a tudo, de outra época, infenso aos odores e aos amores. Um leve sorriso parecia esboçar-se na sua boca fúnebre, como se esse retrato pensasse: "É a quarta vez que o gato de Cipriano o olha com invisível indignação".

O mais era a máquina Singer, de pedal, com seus adornos apagados e a madeira polida de mãos. Sobre ela, num jarro, as flores de papel desbotavam lentamente, num trabalho silencioso de, precisamente, dois anos, três dias, duas horas e meio segundo. Ninguém se lembrava delas, sujas de pó e de tédio. Uma mosca desceu sobre a flor bordada na toalha, limpou as patas, e isso foi como um sinal para que o jantar começasse. Todos se sentaram e deram-se a comer furiosamente.

E ninguém mais pensou no gato.

CÃO QUE MORDE É MANSINHO

Gosto de animais, particularmente de gatos e cães. Tenho um gato siamês que vive comigo há doze anos. É meu companheiro, dependente e autoritário ao mesmo tempo, como uma criança. Os cães são bichos alegres, simpáticos, afetuosos. Mas nem sempre.

Quando vivi em Buenos Aires, morava ao lado de meu prédio um sujeito musculoso que tinha um cão policial. À tardinha, quando o sol declinava, ele vinha para a calçada do edifício e começava a atiçar o cachorro. Numa das mãos tinha um chicote e, amarrado no outro braço, um pano grosso. Instigava o animal que voava furioso sobre ele e mordia o pano grosso. Era um espetáculo assustador e lamentável. Eu dava volta pelo meio da rua para entrar em meu edifício. Um dia, li no jornal que aquele cão, ali mesmo na nossa calçada, dilacerara o braço de uma criança. Ouvido pelo repórter, o vizinho feroz garantiu: "Meu cão é mansinho, nunca mordeu ninguém".

Esta é a afirmação que fazem todos os donos de cães, depois que eles agridem alguém. "Ele nunca atacou pessoa alguma. Se atacou agora..." Ou seja, a vítima é quem tem a culpa, deve ter provocado o animal.

Aqui no Rio, como em Belo Horizonte, São Paulo, Brasília, os casos se multiplicam. Todos se lembram do caso daquele *pit bull* que, aqui no Rio, só não matou um garotinho porque a cadela da família teve coragem de enfrentá-lo. A cadela e o menino foram parar no hospital, perdendo sangue. O dono da fera, como sempre, garantiu que seu cão nunca atacara ninguém.

A Câmara de Vereadores do Rio votou uma lei obrigando os donos de cães a só saírem com eles na rua, amordaçados (os cães, claro) e presos na correia. Semana passada mesmo, na Barra da Tijuca, um *pit bull* matou o cachorrinho de uma senhora, sem que o seu dono fizesse o menor gesto para impedi-lo. Ainda espancou o marido dela, quando este lhe foi tomar satisfações, e fugiu. Quando reapareceu, devidamente instruído por seu advogado, teve o desplante de afirmar que o minúsculo cachorro assassinado tinha atacado o seu cão homicida.

– Mas o senhor, depois, espancou também o dono do cachorro.

– Em legítima defesa, pois foi ele quem me agrediu primeiro – alegou o cara-de-pau.

Este pacífico cidadão – que costumava açular o seu cão contra os moradores do condomínio – pratica artes marciais. Tal cão, tal dono.

Não entendo de cães mas tenho lido que algumas raças são particularmente ferozes. A raça *pit bull* é uma delas. São resultado da mistura de diversas raças com o objetivo de produzir um animal agressivo para proteger residências. Teoricamente, esses animais só atacariam os assaltantes e os ladrões. A experiência, porém, indica que não é isso o que acontece. Eles não só atacam visitantes e transeuntes, como, às vezes, atacam os seus próprios donos. Faz alguns anos, ocorreu que um desses cães, que guardava o sítio de um amigo meu, pulou o muro e matou a dentadas um empregado do sítio vizinho. Esse meu amigo me disse que seu animal nunca atacara pessoa alguma e que certamente o agredido fizera alguma coisa para enfurecê-lo. Poucos meses depois, esse

153

meu amigo era hospitalizado depois de mordido pelo mesmo animal.

Confesso que, como a maioria das pessoas hoje em dia, entro em pânico quando algum cão se aproxima de mim, mesmo estando preso pela correia. Outro dia, ao me ver descer da calçada para afastar-me de seu cão, uma senhora me disse:

– Não se preocupe, ele é mansinho.

Respondi-lhe:

– Pelo que tenho lido nos jornais, são exatamente os cães mansinhos que mordem.

TEM SOL PEQUENO

*P*raia de marmanjo é praia de segunda mão. Muitos deles não sabem que, ao chegarem à praia depois das nove, ela já foi usada por uma população de banhistas minúsculos, que depois a abandonam sem deixar marca. Minto: às vezes uma pá vermelha, um barco de plástico ficam na areia denunciando os visitantes matinais.

Das seis às oito da manhã – quando o sol é pouco e as ondas mansas – a praia é das crianças. E literalmente, porque as pessoas grandes que ali estão apenas as servem, no seu inquieto veraneio: buscam água no balde, compram picolés, prestam socorros urgentes e respondem a perguntas. Sim, porque na praia há mais problemas do que imagina a nossa vã filosofia, e as crianças os levantam:

– Mamãe, por que o mar não pára?

– Por que a areia da praia é branca?

– Quem pôs sal na água do mar?

Mas, quase sempre, não esperam pela resposta, e lá se vão para a água, numa alegria de patinhos jovens. É certo que nem todos têm essa disposição. Há os que têm horror à água, e só se banham à força. Berram, irritam os pais que às vezes recorrem à violência. Tudo isso em nome de uma regra geral que assegura ser o mar indispensável à saúde.

De fato, muitos estão ali por recomendação médica. Outros por alvitre dos pais: o mar é o quintal das crianças sem quintal. E na verdade, mesmo os que temem o mar gostam da praia, chafurdam na areia, sujam-se, e há mesmo os que a comem – o que já é sem dúvida um exagero. A praia é cheia de novidades: o avião que passa por cima, o navio que passa distante, os bichinhos da areia, os restos de concha, e mesmo os pedaços de madeira e carvão que as ondas jogam na areia. A luta dos pais é para evitar que as crianças levem esses troços para casa. O que não é fácil!

– Esse presente aqui é para a vovó.

O presente às vezes é um estrepe perigoso ou um trapo sujo de óleo que o menino desenterrou. Outros colecionam baratinhas em caixas dos fósforos. E raramente os pais entendem esse estranho interesse por coisas que não são brinquedo:

– Ah, moço, eles deixam de lado as bolas, os baldes, e só querem brincar com essas porcarias.

Quando o sol começa a esquentar, é hora de voltar para casa. Hora de briga. Os meninos resistem, fogem, são pegados e levados à força. Não entendem por que não ficar o dia inteiro ali, onde há sol, ondas, areia e liberdade. Mas vão embora e, em breve, a praia está vazia, como se nada houvesse acontecido.

MORTE NA PRAIA

*N*esta manhã de verão penso num poeta que morreu. Não imagine o leitor um jovem louro sangrando sobre uma touceira de jasmim. Não penso em Bilac: "num dia assim, de sol assim". Falo de um poeta, de um mau poeta que morreu, faz alguns dias, em São Luís do Maranhão. Ele ficaria chocado se lesse estas palavras e pensaria com justiça que sou um ingrato. Mas a notícia de sua morte me atingiu com a mesma impiedade e, assim, no ponto em que nos encontramos – eu, vivo, no verão; ele morto – não é mais possível condescendência alguma. Morreu um mau poeta e sinto que morro mais com essa morte do que se morresse, de novo, Shakespeare.

Morávamos no mesmo bairro, perto da Camboa. Eu tinha 16 anos e rompera com o bilhar, o "trinta-e-um" e os banhos no rio Azul, para me dedicar à poesia: uma poesia rimada, patriótica, bebida em obscuros vates maranhenses. Não sei por que julgava que todos os poetas tinham morrido e não acreditei em minha irmã quando me disse que, na rua dos Afogados, a duas esquinas de nós, morava um poeta.

Era verdade: numa pequena casa de porta-e-janela fui encontrá-lo e ouvir dele fatos pitorescos sobre nomes desconhecidos: Guerra Junqueiro, Bilac, Vicente de Carvalho, Raimundo Correia. Deu-me para ler um livro de Plínio Salgado que eu achei muito chato. Esse poeta, o primeiro que conheci, tinha pouca roupa e com o mesmo terno que trabalhava assistia às sessões solenes da Academia: sua mulher lhe lavava o terno quando voltava do serviço de tarde e o secava no ferro para que às oito estivesse na Academia. E saíamos juntos, a pé, subindo a rua dos Afogados.

Soube de sua morte, anteontem, na praia. O mar estava claro e verde. Dei um mergulho, nadei um pouco de cara para o céu, o mundo estava seguro e regulado. Quando voltei à areia, ela me disse. Peguei o jornal, estava lá: matarase. "Nunca pensei que ele fosse capaz disso" – expliquei a ela, como se a culpa fosse minha, como se tudo acontecera porque eu saíra de lá. Andei vários dias à procura de alguém que, como eu, o tivesse conhecido de perto. Alguns nem ouviram falar dele, outros não se lembravam. Não tive com quem falar de sua morte.

DOMINGO

*H*á também, e por exemplo, aquele jarro azul (ou jarra) na prateleira da cozinha vizinha. É tão belo, azul na prateleira branca, que eu me desprendo de seu nome, de seu uso, de sua origem vulgar: astro, digo – e minto. Azul no branco. Jarra, lata corola, sol azul. Rosto de anjo. Ombro celeste. Astro gastronômico. Vaso azul por onde vaza o azul. E vaza o onde.

Há, porém, um anjo na cozinha vizinha. Deixaram a luz aberta, e a luz o desperta. O anjo sai da lata (azul) como uma gata. Logo desdobra sua asa de lata, que late no ar. O anjo sorri: a cara de prata.

O anjo varre, alanceado, a cozinha iluminada. Lava a louça que a empregada escondeu, suja, no fogão. Lava o coração da que dorme sem paz, ferida no rosto pelo fogo da louça escondida: o fogo sujo da louça do jantar.

Mas o anjo lava. O anjo varre o chão iluminado. Varre seu rastro, para ninguém saber. Varre, depois, o seu varrer. Varre o meu ver, meu crer, varre meu dizer. Varre teu ler.

Esse anjo é bom, é um anjo simpático. O defeito dele é ser um anjo sintático.

Mas o que não é sintático nesta realidade burocrática? O que nasce do chão e o cavalo come, com boca matemática, não é grama – é gramática.

GARRAFA DO TIBAU

*P*ouca gente conhece as garrafas de areia colorida das praias de Tibau, no Rio Grande do Norte. Nessas obras a garrafa entra mais de vasilha (como a forma no soneto), porque o que é, de fato, invenção e poesia são as cores e os desenhos conseguidos nas camadas de areia. São às vezes simples ondulações regulares, em camadas cor de laranja, cinzentas, marrons, pretas, amarelas, verdes, outras vezes, arabescos caprichosos que revelam o requinte e a extrema habilidade do artista.

Vira uma garrafa dessas há muito tempo em São Luís do Maranhão e fiquei pasmo. Passei uns dias pensando nela e, no tumulto dos dias, guardei-a comigo no canto da memória onde voltava a encontrá-la ao assomar de palavras como sonho, fantasia, maravilha. E pesava-me aquela garrafa, no coração.

E assim foi que, ao cuidar da criação da feira permanente de arte popular (que se inaugura em Brasília este mês), logo me lembrei da garrafa e disse ao Jean Boghici, a quem encarregara de selecionar e comprar objetos de arte popular no Nordeste: – Descobre onde se fazem as garrafas coloridas, e compra quantas puderes para a nossa feira. Ele descobriu o local e foi até lá, de teco-teco.

Na praia do Tibau um grupo de mulheres, lideradas por Maria Francisca, uma cabocla que parecia saída de um quadro de Gauguin, faz essas garrafas belíssimas, que não servem para nada, senão para nos encantar. Boghici quis saber a origem desse trabalho aparentemente gratuito. Maria Francisca contou que, quando menina, houve uma grande ressaca na praia do Tibau, que pôs à mostra a variedade de areias coloridas ali existentes. Ela e a irmã começaram, então, a brincar com as areias e as carregaram para casa. Uma delas pensou em guardar as areias dentro de uma garrafa e, assim, por acaso, descobriu uma nova arte. As primeiras garrafas apresentavam desenho simples: camadas de areias regulares, cada uma de uma cor. Depois, a experiência, a habilidade foi incentivando formas mais difíceis e mais ricas. Hoje as mulheres da praia do Tibau fazem ornatos magníficos dentro das garrafas, com uma precisão quase milagrosa.

Mas, independente da habilidade (que neste caso conta muito), as garrafas valem pela sua beleza inesperada, pela força poética que arrebata objeto tão cotidiano para os campos dos sonhos. Eis uma das coisas mais puras e mais fascinantes da arte popular brasileira: as garrafas do Tibau.

FILHOS MIMADOS

—*A* virtude está no meio, como disse Aristóteles, e com razão, mas o difícil é exatamente manter-se eqüidistante, sem pender nem para um extremo nem para o outro.

Quem assim falava era meu velho amigo Carlos Augusto, ou Carlos Pé Chato, extremado defensor da sensatez e do equilíbrio. E prosseguiu:

— Antigamente, considerava-se que a boa educação tinha que se basear na intimidação. O filho não podia erguer a voz para os pais nem sequer responder às reprimendas. Depois mudou, mas mudou do pé pra mão. Agora são os pais que têm medo de erguer a voz e os filhos fazem o que querem. É ou não é?

— A tese — disse eu — é que a educação rígida inibe a personalidade da criança e faz dela uma pessoa fraca.

— Pois penso exatamente o contrário: o que torna a pessoa fraca é falta de limites. Uma criança criada sem conhecer seus limites torna-se mimada e nada mais detestável que uma criança mimada. É ruim para ela e para os outros.

Afirmou ele e em seguida começou a contar-me o que lhe aconteceu certa tarde de domingo quando foi visitar uma amiga.

— Recém-chegado de Minas, tinha a mania de andar com calças bem engomadas. A amiga me recebeu e pediu-me que esperasse um pouco pois estava terminando uma tarefa.

— Os outros ainda não chegaram — disse ela.

Foi aí que surgiu o Claudinho, filho dela, de cinco anos, criado segundo os preceitos da educação moderna, ou seja, nada de repressão. A primeira coisa que o garoto fez foi acertar minha cara com uma bola de borracha. Como a mãe ainda estava presente, não demonstrei minha irritação, apenas sorri amarelo. Ela foi além, gargalhou.

— Este Claudinho!

Disse isto e saiu, deixando-me a sós com a fera. Ele então subiu na poltrona em frente e se jogou com os dois pés sobre mim, amassando-me as calças recém-chegadas da lavanderia. Não contente, na maior alegria, me agarrou as orelhas e puxou-as, obrigando-me a empurrá-lo para longe, com certa violência.

— Agora, chega de brincadeira! — disse eu, tentando não perder a esportiva, enquanto tentava desamassar com as mãos as calças que ele pisoteara.

— Que chega nada! — respondeu ele, rindo excitado.

Naquele instante, passava-me na mente a conversa com a mãe dele, dias atrás, a respeito da educação dos filhos.

— Eu não reprimo — afirmou ela. Não vou fazer o mesmo que meus pais fizeram comigo. Claudinho faz o que quer.

Essa lembrança foi subitamente interrompida por uma pancada que me deixou atordoado. O menino, numa nova investida, batera com a cabeça em minha boca, dando a impressão de ter me quebrado um dente.

Era demais. Agarrei-o pelos braços e, apertando-os fortemente, olhei-o nos olhos e lhe disse:

— Mandei você parar, não mandei? Pois olha o que eu vou fazer. (Dei-lhe um beliscão na barriga). Se continuar, te dou mais dois cascudos, ouviu bem?

Ele sentiu a dor dos beliscões mas não fez escândalo. Olhava-me visivelmente assustado.

— Agora te manda! — disse-lhe entredentes.

Ele se afastou devagar, mal acreditando no que acontecera. Alguém lhe havia posto limites, Carlos Pé Chato.

PALAVRAS,
PALAVRAS...

Ando descobrindo coisas óbvias acerca do uso da língua, do idioma falado. Uma delas – que me surpreendeu – é que falar é sempre improvisar. E eu até hoje não me tinha dado conta disto! Não sei se você, leitor, já percebeu, mas a verdade é que, quando você pergunta à empregada o que ela sugere para o almoço, sua resposta é um improviso, e tanto ela pode dizer: "por que não se faz a costeleta de porco?" ou "pode ser costeleta" ou... "faz tempo que o senhor não come costeleta"... Enfim, o que importa aqui é mostrar que a frase não está pronta, que ela é apenas uma das possibilidades de formular do falante. Certamente, há os lugares-comuns, frases já prontas que usamos automaticamente, e que foram inventadas por alguém e tão bem inventadas que todo mundo passou a repeti-las.

E disso passei a outro aspecto do uso do idioma: a palavra, a força que têm certas palavras. Por exemplo, a palavra *negro*. Pelas implicações raciais, pela carga de história e preconceito que pesam sobre ela, tornou-se explosiva. Para certas pessoas, referir-se a alguém como negro é quase uma ofensa, quando devia ser natural. Já um conhecido meu, que é negro e justamente revoltado com os preconceitos que experimentou ao longo da vida, radicalizou. "Lá em casa – afirmou ele – ensinei os meninos a não dizerem 'a coisa tá preta'; lá se diz 'a coisa tá branca'". Não pude deixar de rir.

– Você tá de gozação.

– Não é gozação, não. Temos que acabar com essas expressões que são fruto da discriminação.

Lembrei então de outras palavras e expressões que poderiam gerar reações semelhantes. A palavra *amarelo* muitas vezes é usada de maneira que poderia ofender a chineses e japoneses, se é que se consideram mesmo amarelos: "o cara amarelou", "tá amarelo de fome". Quando menino, ouvia as pessoas mais velhas dizerem: "desculpa de amarelo é comer terra", frase que nunca entendi direito mas que, sem dúvida, está longe de ser um elogio aos ditos amarelos.

Augusto Meyer, em seu livro *Os pêssegos verdes,* informa como a cor amarela, que no Oriente simbolizou a Casa Imperial e, para o poeta grego Píndaro, expressava o esplendor do sol, entrou em desprestígio com Dante, para quem o amarelo era a cor de uma das três caras de Satanás. De lá para cá, o amarelo tornou-se um estigma para judeus e até para prostitutas e leprosos. Isto sem falar em expressões depreciativas como "imprensa amarela", "sorriso amarelo" e, pior, "ameaça amarela", que esteve em voga durante a segunda guerra mundial, quando os japoneses se aliaram a Hitler.

Como se vê, certas palavras podem gozar de momentos áureos ou períodos negros (com perdão da palavra) e até mesmo adquirirem significado ironicamente contrário ao seu sentido original. Este foi o caso de Pinel, sobrenome de um famoso psiquiatra francês e nome de um pronto-socorro psiquiátrico do Rio. Durante os anos 70, os jovens drogados da zona sul da cidade, quando entravam em surto, eram levados para lá. Em conseqüência disso, na gíria desses jovens, o nome do médico passou a significar a doença mental que ele se dedicara a tratar.

– Fulano está pinel.

Ou seja, está surtado ou pirou, enlouqueceu. De gíria de um pequeno grupo, a expressão passou à imprensa e à televisão. Nos especiais televisivos da época, que falavam da juventude, era freqüente ouvir-se a palavra pinel usada como sinônimo de loucura. Chegou mesmo a ser dicionarizada como tal. Aí, os descendentes do doutor Philippe Pinel, indignados, protestaram.

HERDEIROS

Outro dia, um amigo, que é um entusiasta da poesia, telefonou-me para dizer que tinha tido uma idéia brilhante: editar uma antologia da poesia universal.

— De todos os tempos? — indaguei.

— Não, só da época dita moderna; do século XIX para cá.

— Desista — disse-lhe eu.

— Mas por que, cara. Logo você me diz isto! Estava contando com sua ajuda.

— Gosto da idéia, seria uma maravilha poder realizá-la, mas...

— Mas o quê?

— Não é factível. Já ouviu falar nos herdeiros?

— Que herdeiros, cara?

— Os herdeiros dos escritores. São uns verdadeiros tranca-ruas.

— Ah, mas isto a gente supera.

— Não supera, não. Vou te contar uma história acontecida comigo. Há alguns anos, inventei de organizar uma antologia com os melhores poemas que li na vida. Trabalhei meses nisso. Pronta a antologia, escrevi um prefácio e entreguei ao editor que vibrou. Todas as pessoas a quem falei do livro também vibraram.

— E daí?

— Daí que, quando o editor começou a solicitar as autorizações para publicar os poemas, surgiram os problemas. Os autores vivos logo concordaram, sem exceção. Mas os herdeiros dos autores mortos...

— Não deram a autorização?

— Alguns nem responderam. Foi o caso da herdeira de Jorge Luis Borges e herdeiros de César Vallejo. Outros responderam dizendo que não autorizavam, pois se reservavam a exclusividade da publicação. E houve ainda os que autorizavam mas cobravam um valor exorbitante por cada poema. Lembro-me de uma herdeira que cobrou por um soneto 300 dólares. Agora veja: um soneto ocupa meia-página; a esse preço, teríamos que pagar, pelas 400 páginas de poemas, 240 mil dólares ou, ao câmbio de hoje, cerca de 550 mil reais. Depois de dois anos de cartas pra cá, cartas pra lá, conversas e argumentação, desistimos.

— Não dá pra acreditar!

— Mas dá pra entender. O poeta não escreve pensando em dinheiro mas para atender a uma necessidade interior. O herdeiro – que nada escreveu e muitas vezes nem dava maior importância ao que escrevia o parente amalucado – só vê ali a chance de ganhar dinheiro.

— Mas isto é um atentado contra a obra do poeta e contra a cultura do país!

— É, mas a lei garante. Escute outra. Certa vez, quando trabalhava na TV Globo, fui encarregado de selecionar contos de autores brasileiros para a produção de especiais. Um dos contos que escolhi era da autoria de um poeta morto. Resultado: o departamento jurídico da emissora me telefonou, depois de alguns dias, para dizer que não seria possível incluir o tal conto porque o herdeiro cobrara um preço absurdo.

— Que preço? – perguntei.

— Quase a mesma coisa que cobrou Jorge Amado pelo romance *Tieta do Agreste* para uma minissérie de 12 capítulos.

O conto tinha umas quinze páginas e daria um especial de 40 minutos. Mas este fenômeno não se restringe ao âmbito da literatura; abrange todos os campos artísticos. Não faz muito tempo, os jornais noticiaram uma polêmica, entre herdeiros, que quase inviabilizou a retrospectiva de um grande pintor brasileiro. Outro importante artista, que havia reunido em sua casa-ateliê uma grande coleção de suas obras pensando torná-la um pequeno museu, sofreu o golpe boçal dos sobrinhos, que nunca sequer o haviam visitado e nada sabiam de seu trabalho. Exigiram a venda da parte que lhes cabia e assim acabaram com o sonho do tio. Para concluir, conto outro caso acontecido comigo. Uma estudiosa da arte brasileira bolou um livro sobre os artistas mais importantes das últimas décadas do século XX no Brasil. Perguntou-me se concordaria com a inclusão no livro de um estudo meu sobre Lygia Clark. Disse que sim mas de nada adiantou. Os herdeiros da artista falecida cobraram pela simples fotografia de uma de suas obras um preço tão alto que tornou impossível qualquer acordo. Deste modo, a obra de Lygia foi excluída do livro.

Preciso dizer mais?

UMA QUESTÃO DELICADA

*T*enho observado que as pessoas – e isto não é de agora – costumam confundir delicadeza com hipocrisia, particularmente quando se trata de questões relacionadas com o sexo. Sei que mais uma vez piso em terreno minado, já que hoje tornou-se obrigação de todo intelectual avançado denunciar o que se designa como "moral burguesa".

Para resguardar minha reputação, devo esclarecer que considero o prazer sexual uma fonte de felicidade e que os modos e limites que os parceiros adotem só dizem respeito a eles mesmos. Ninguém tem o direito de meter o bedelho nisto.

Se adianto este esclarecimento, é para que o leitor possa com isenção acompanhar-me na apreciação dos aspectos que tal questão oferece. Por exemplo, com freqüência se afirma que a fidelidade entre os casais é decorrência de um preconceito burguês, quando na verdade, muitos séculos antes do surgimento da burguesia, já as pessoas se matavam por esta razão. De minha parte, se sou contra uma pessoa matar outra seja por que razão for, fazê-lo para punir a infidelidade conjugal é absolutamente inaceitável. Mas isto ocorre e é muitas vezes inevitável. Se em muitos casos atua o preconceito machista (o macho se sente ferido em seu orgulho), noutros casos os motivos são diversos e até mesmo incompreensíveis. A verdade é que só a correta compreensão das relações entre homem e mulher e o respeito à liberdade do outro podem evitar reações boçais como essa.

Mas isto não significa que a fidelidade entre casais seja sempre expressão de machismo ou dominação. Como na simples amizade, no amor – e com mais razão ainda – a lealdade é condição essencial para que a relação se mantenha. Alguém se atreveria a afirmar que ser leal com um amigo é mero preconceito?

Não resta dúvida que a educação religiosa, quando dogmática, contribui para uma falsa compreensão da atividade sexual, especialmente no que diz respeito à mulher, levando-a com freqüência a ver o sexo como pecado e o prazer sexual como fonte de perdição. Tal educação repressora, contrária à própria natureza humana e mantida através dos séculos, conduziu de um lado ao sexo culpado e doente, e de outro à hipocrisia e à traição. Devemos atentar, no entanto, para o fato de que a saída para tal equívoco só aparentemente seria entender a relação sexual como a pura satisfação de uma necessidade biológica. O sexo livre de qualquer restrição, como se imagina teria sido praticado em comunidades primitivas, sem qualquer noção de culpa ou pecado, é vã utopia numa sociedade, como a atual, em que o ato sexual está vinculado à estrutura da família e a interesses econômicos.

O que complica, no caso da relação entre homem e mulher – mais ainda entre marido e esposa –, é que esta relação envolve outras questões como o machismo, a respeitabilidade social e familiar, além das questões sentimentais e interesses econômicos, a que já me referi.

Mas isto quando a relação não dá certo, sobretudo hoje, depois da pílula e da revolução moral em processo (para o bem e para o mal). Todos esses fatores vieram eliminar o sentimento de culpa e pecado, e valorizar o impulso amoroso que sublima o ato sexual. Não há como classificar de hipócrita, neste caso, a fidelidade entre os parceiros.

EXISTE DE FATO
A JUSTIÇA?

A Justiça, um dos três poderes da República, deve funcionar em defesa dos direitos dos cidadãos. O Legislativo faz as leis que, em princípio, devem ser obedecidas por todos para que se reduzam os conflitos, a violência e até mesmo o desforço físico. O juiz intermedeia as disputas e dá uma decisão que se supõe imparcial, fora de discussão. Com isso, garante-se, pelo menos em parte, a paz social.

E não só isto. A lei é a única proteção dos direitos do mais fraco. Os poderosos não precisam de leis que, aliás, foram criadas à sua revelia, para limitar-lhes o arbítrio. É muito comum dizer-se que a lei foi feita pelos ricos e por isso defende-lhes os interesses. Em parte é verdade porque, mesmo na democracia, as leis ainda preservam privilégios e desigualdades. Mas já foi pior. Pela vontade do patrão, o empregado deveria ser demitido por qualquer razão, a qualquer hora e sem qualquer compensação. A lei impede que assim seja. Já não impera a lei das selvas. Mas as leis precisam ser permanentemente aperfeiçoadas para melhor garantir os direitos e reduzir as desigualdades.

Mas e se a Justiça não funciona? Ou funciona mal? Aí o direito se torna uma ficção e a paz social corre perigo. Pior: os mais pobres, que já sofrem com a desigualdade, ainda perdem os direitos que têm. Um trabalhador, que reivindique na Justiça contra o patrão, se quiser ser indenizado terá que fazer acordo e deixar pela metade o que deveria receber; do contrário terá que disputar nos tribunais pelo resto da vida. Uma Justiça que tarda é como se não existisse. Numa certa época, quando era dado a forjar aforismos, inventei um que dizia: "Quem acredita na lei, esta lhe cai em cima". Nas condições atuais, as pessoas têm a impressão de que as leis só existem para puni-las; para defendê-las, não.

Conheço o caso de um cidadão que, demitido do serviço público durante a ditadura, conseguiu ser readmitido mediante um processo administrativo. Mas, como a instituição se negasse a pagar-lhe os anos que passara desempregado, entrou com uma ação judiciária que demorou vinte anos para concluir-se, a seu favor. Já a essa altura chegara aos 70 anos de idade. Bem, agora só faltava a referida instituição fornecer ao juiz os dados para ser feito o cálculo da indenização. Nisto perdeu mais um ano e meio, e só não perdeu mais porque foi pessoalmente exigir a entrega das informações. O cálculo foi feito e entregue ao juiz que deveria enviá-lo à Advocacia Geral da União. Tudo o que o juiz tem que fazer é escrever: "Encaminhe-se". Faz dois anos que o meu amigo espera por isto. Temendo morrer sem conseguir receber seu dinheiro, pediu ao advogado que fosse falar com o juiz. "Está louco?", disse o advogado. "Se for pedir isto a ele, passará mais dois anos para despachar o processo. Você não conhece juiz!"

Tudo o que podemos fazer é desejar que este cidadão viva mais uma década pelo menos, pois ainda lhe falta muito chão para andar. Depois de receber os cálculos da indenização, a Advocacia Geral certamente recorrerá, alegando que estão errados. Se ele insistir que estão certos, perderá mais alguns anos; se concordar, o processo será enviado ao Congresso Nacional a fim de que o valor da indenização seja incluído no orçamento da União para o ano seguinte. Pela lei, neste ano a indenização finalmente lhe seria paga. No entanto, a experiência mostra que as autoridades não costumam pagar os precatórios, uma vez que interessam a poucas pessoas e não rendem votos. Kafka é pinto!

VISITA

Sobre a minha mesa, na redação do jornal, encontrei-o, numa tarde quente de verão. É um inseto que parece um aeroplano de quatro asas translúcidas e gosta de sobrevoar os açudes, os córregos e as poças de água. É um bicho do mato e não da cidade. Mas que fazia ali, sobre a minha mesa, em pleno coração da metrópole?

Parecia morto, mas notei que movia nervosamente as estranhas e minúsculas mandíbulas. Estava morrendo de sede, talvez pudesse salvá-lo. Peguei-o pelas asas e levei-o até o banheiro. Depois de acomodá-lo a um canto da pia, molhei a mão e deixei que a água pingasse sobre a sua cabeça e suas asas. Permaneceu imóvel. É, não tem mais jeito – pensei comigo. Mas eis que ele se estremece todo e move a boca molhada. A água tinha escorrido toda, era preciso arranjar um meio de mantê-la ao seu alcance sem contudo afogá-lo. A outra pia talvez desse mais jeito. Transferi-o para lá, acomodei-o e voltei para a redação.

Mas a memória tomara outro rumo. Lá na minha terra, nosso grupo de meninos chamava esse bicho de macaquinho voador e era diversão nossa caçá-los, amarrá-los com uma linha e deixá-los voar acima de nossa cabeça. Lembrava também do açude, na fazenda, onde eles apareciam em formação de esquadrilha e pousavam na água escura. Mas que diabo fazia no Rio, na avenida Rio Branco, esse macaquinho voador? Teria ele voado do Coroatá até aqui, só para me encontrar? Seria ele uma estranha mensagem da natureza a este desertor?

Voltei ao banheiro e em tempo de evitar que o servente o matasse. "Não faça isso com o coitado." "Coitado nada, esse bicho deve causar doença." Tomei-o da mão do homem e o pus de novo na pia. O homem ficou espantado e saiu, sem saber que laços de afeição e história me ligavam àquele estranho ser. Ajeitei-o, dei-lhe água e voltei ao trabalho. Mas o tempo urgia, textos, notícias, telefonemas, fui para casa sem me lembrar mais dele.

IMPACIÊNCIA

*F*ranz Kafka escreveu certa vez que o homem perdeu o paraíso pela impaciência. Acho que ele tem inteira razão e, no que se refere ao assunto desta crônica, mesmo que não se perca o paraíso, perde-se o jogo e o título de pentacampeão de futebol do mundo. Para ganhar, há que ter paciência.

Pensei nisto durante o aflitivo jogo contra a Turquia. O primeiro tempo chegou ao fim, e Ronaldinho mal tocara na bola. E começaram os comentários na televisão: Casagrande e Falcão achavam que o Fenômeno devia ser substituído. Zagalo também: Ronaldinho ainda não se recuperou do problema muscular, tem que sair – afirmou ele. Eu estava apreensivo e ao ouvir aquelas abalizadas opiniões também achei que Ronaldo devia ser substituído. Mas, em seguida, me perguntei: mas por quem? Podia ser pelo Kaká, admiti, mas não fiquei satisfeito. Kaká é muito bom e muito jovem: como reagiria sua cabeça tendo que substituir Ronaldinho num jogo daquela importância?

Voltei a ouvir os comentários na TV. Sérgio Noronha chegou a lembrar a decisão de 98 em Paris, dando a entender que Felipão fizera mal em convocar Ronaldinho sem ter certeza de sua plena recuperação. Foi quando me lembrei da frase de Kafka: estamos todos impacientes demais, falei a mim mesmo, estamos perdendo o prumo. Afinal de contas, não é Ronaldinho um dos artilheiros da Copa? Já não fez cinco gols? Por que tirá-lo da partida? Aí mudei de idéia e disse à Cláudia, minha mulher: sou contra tirar o Ronaldinho, pois ele pode a qualquer momento decidir o jogo. E ela, que não prestara atenção aos comentários da TV, respondeu: – Mas quem é que está pensando nisto? Tem algum maluco por aí? – perguntou ela que não entende nada de futebol... Felipão, que também não entende, manteve o jogador em campo. Em quatro minutos do segundo tempo, Ronaldinho decide a partida e acaba com o sonho turco. Imaginou se o Felipão fosse tão impaciente quanto o Zagalo?

– É, se o Zagalo ainda fosse o técnico, estávamos ferrados – comentou dona Maria.

Mas eu pensei comigo: se ele fosse o técnico, agiria como o Felipão e manteria Ronaldo no jogo, porque uma coisa é dar palpite como espectador, outra é ter a responsabilidade de dirigir a equipe. Na decisão da copa da França, ele não pôs Ronaldinho pra jogar mesmo depois de uma convulsão? A responsabilidade e o conhecimento maior do que realmente está acontecendo permitem ao técnico ser menos impaciente. A impaciência, como o radicalismo, nasce de não se ver (ou não desejar ver) a complexidade do problema. As decisões drásticas, embora às vezes necessárias, raramente são sábias. Para tomarmos corretamente uma tal decisão temos, mais que nunca, de pesar bem as conseqüências dela. Não pode ser fruto da impaciência.

Sábias palavras! – dirá o leitor, mas eu o aconselho a não se afobar e que avalie pacientemente as condições em que os comentaristas futebolísticos opinaram errado. É que, num jogo como aquele, em que se decidia a felicidade (ainda que momentânea) do povo brasileiro, não era fácil manter-se controlado e muito menos paciente. Na verdade, como aceitar que a bola a todo momento espirrava dos pés de Ronaldinho? Afinal de contas, não estava ele ali para nos dar a vitória? – O problema é esse maldito topete que inventou

177

de usar! – Pior é a tal chuteira prateada! – Claro, ele tem que trocar essa chuteira e calçar a velha de novo!

Terminado o jogo, todo mundo eufórico *(Ele é mesmo um fenômeno! Ele é o gênio do futebol! Ronaldiiiiiiiinhooooo!),* um repórter pergunta ao craque se ele havia sentido alguma coisa durante o primeiro tempo. E ele responde simplesmente: – Não, estava tudo bem, o negócio é que eles se fecharam muito e não davam espaço pra gente jogar.

Pois, pessoal, o time adversário também conta.

Mas pode ser que, neste momento, tudo já esteja decidido e já tenhamos mandado pro beleléu os alemães, famosos por nunca perderem o controle e a paciência. Salvo melhor palpite...

QUANDO NOS
FALHA A MEMÓRIA

— *S*erá que você se lembra de mim?

Esta é uma pergunta desagradável, ainda que justificável. Claro, todo mundo quer ser conhecido e reconhecido (nos dois sentidos). É inegável o prazer que sentimos quando, num banco superlotado, o gerente nos reconhece; mas também quando, na rua, uma criança se lembra que estivemos na casa dela, que somos amigo de seus pais. É que ela, a criança, quer ser reconhecida por nós. Se para Descartes, pensar era suficiente para afirmar a existência, na vida real precisamos que o outro tome conhecimento de nossa existência para sentirmos que de fato existimos. E daí esse tipo de pergunta desagradável:

— Será que você se lembra de mim?

Desagradável em termos, porque se essa pergunta é feita por uma linda moça, você se sente lisonjeado e até mente.

— Claro que me lembro!

Mas dificilmente esta pergunta é feita por uma linda moça. Lembro-me de uma vez que ia pela rua da Quitanda, ali no centro do Rio, quando surgiu um sujeito baixinho de cabelos encaracolados.

— Tá se lembrando de mim, ó cara?

Tomado de surpresa, olhei para ele e tive a impressão de que o conhecia, talvez de São Luís.

– Lembro, sim. Como vai?

– Lembra mesmo?

Aí hesitei mas reafirmei.

– Claro! Tá tudo bem contigo?

– Se lembra mesmo então diz meu nome. Como é meu nome?

Senti-me desafiado e de certo modo agredido. Que sujeito mais inconveniente!

– Diz, cara, diz como é meu nome.

– Ora, não me enche o saco, tá bem?!

– Você não disse que me conhecia? Então diz meu nome!

Percebi que ele estava algumas doses acima, e segui em frente sem mais responder.

Esta, porém, não é a única situação difícil que costumo enfrentar por não reconhecer alguém. Para nós, escritores, os momentos de maior tortura são as noites de autógrafos. Estou entre aqueles que, ao sentar àquela mesinha para auto-grafar livros, esquece o nome de toda e qualquer pessoa co-nhecida que ali surja. A coisa é tão destituída de lógica que, certa vez, esqueci o do León Hirschmann que, naquela época, era meu companheiro de papo e de chope. Menos mal porque era um esquecimento tão fora de propósito que caí-mos os dois na gargalhada.

Menos engraçado foi a noite em que parou em minha frente uma das estrelas de nosso cinema, amiga, companhei-ra de luta contra a ditadura, e me deu um branco. Eu havia voltado do exílio há poucas semanas e ela, no dia anterior, ao me ver, parara o carro no meio da rua para vir me abraçar. Podia eu, agora ali, perguntar a ela "como é mesmo o teu nome?"

Em pânico, levantei-me da mesa, saí correndo por entre as pessoas, atravessei a rua, fui até o bar em frente onde estava minha mulher e perguntei a ela como era mesmo o nome da atriz que tinha me abraçado na rua no dia anterior. Ela respondeu:

— Norma Benguel, seu maluco!

Voltei correndo, sentei de novo à mesa, tomei o livro das mãos dela, abri-o e escrevi-lhe uma belíssima dedicatória. Ela não entendeu nada, pensou talvez que eu, apertado, tinha ido ao banheiro.

Depois deste dia, sempre que me obrigam a uma noite de autógrafos, digo ao pessoal da livraria, assim que chego lá:

— Escutem aqui, não deixem que ninguém saia daqui com livro pra eu autografar, sem levar o nome anotado num pedaço de papel.

— Tudo bem mas sempre há alguém que diz que é seu amigo...

— Pior ainda! Nem que diga que é minha mãe! Tem que anotar o nome num papel.

Com isso resolvi o problema das noites de autógrafos mas, se estou na rua, no *hall* do cinema, sempre aparece alguém para me perguntar se me lembro dele.

A última vez foi em São Luís do Maranhão. Estava lá de visita a minha família, quando topei com um sujeito careca e de bigode. Tinha quase a minha idade.

— Você agora é o famoso Ferreira Gullar. Aposto que não se lembra de mim.

— Não me lembro mesmo.

— Não tou dizendo, ficou importante... Cara, nós brincamos juntos, quando garotos, na rua das Hortas!

— Foi é? E naquele tempo você já era careca e usava bigodes?

O CERTO
E O ERRADO

Um dos traços mais significativos do pensamento moderno é a sua flexibilidade para compreender todos os aspectos da realidade, isto é, incluí-los na sua compreensão. Exemplo notável dessa abrangência, que parece desconhecer limites, é a teoria quântica que, por tão inusitada e inovadora, foi inicialmente negada pelo próprio Einstein. É que a visão de Einstein se fundava no princípio de que o Universo é regido por leis coerentes e harmoniosas, enquanto a teoria quântica introduziu no pensamento científico o "princípio da incerteza". Noutras palavras, na mecânica quântica, não é possível prever com precisão os eventos físicos pois nem todos os fenômenos obedecem à regularidade das leis que regem a matéria.

Na mesma linha, podemos situar a "teoria do caos", que aceita a desordem como um outro tipo de ordem, só que mais complexa e difícil de definir. Há também uma teoria, baseada na segunda lei da termodinâmica, que prevê a morte térmica do Universo, partindo do fato de que, na transformação de energia em trabalho, dá-se uma constante perda de energia; daí, a tendência de todos os sistemas para a desorganização, ou seja, para a desordem. É a isso que se chama entropia.

A necessidade de tudo explicar e compreender é sem dúvida um avanço do pensamento humano que, se estendido ao campo da política e até do simples convívio humano, evitará muito erro e até mesmo muito desastre. Quanto mais aceitamos a complexidade do mundo e da vida, menos esquemáticos somos e, por conseqüência, menos intolerantes. Mas devemos tomar cuidado com esta tese, já que ela pode também conduzir à pura e simples aceitação de tudo, o que, em vez de produzir benefícios, produzirá prejuízos. E aqui, mais uma vez, aplica-se o princípio da não-simplificação dos problemas.

Tomemos como exemplo a questão do que é gramaticalmente certo ou errado. Antigamente, exigia-se obediência rigorosa às regras gramaticais mas, seguindo a tendência à compreensão abrangente, também neste campo as coisas mudaram: hoje, em lugar de simplesmente afirmar-se que determinada expressão está errada, leva-se em conta o fato de que existem usos diferentes do idioma, donde concluir-se que a mesma norma não vale para o uso culto e para o uso popular. Deve-se admitir então que não há mais norma alguma e que as leis gramaticais foram abolidas? Certamente, não. Mas tampouco é esta uma questão simples.

Como escritor, mantenho com o idioma uma relação um pouco diferente da que mantêm as demais pessoas. Daí talvez minha preocupação com respeito à adoção do vale-tudo em matéria gramatical. Parto do princípio de que a obediência às normas básicas do idioma preserva-lhe uma capacidade maior de expressar, com precisão, o pensamento, sem eliminar as sutilezas e nuances que o tornam mais rico. Por exemplo, hoje em dia quase ninguém mais fala *este* e *esta*. Talvez por mero desleixo, as pessoas dizem *esse* ou *essa,* como se não houvesse qualquer distinção entre as duas palavras. Na televisão é comum ouvir-se o locutor dizer, referindo-se ao momento presente: "a nossa programação *dessa* noite..." Ou: "*nesse* momento passamos a transmitir de nossos estúdios". Embora não se trate de nenhum grave delito, se esse uso errado se impuser como certo, a língua ficará mais pobre. Há muitos outros casos de uso errado mas freqüente de expressões como "um dos que *fez"* (em lugar de *fizeram*), ou *"as* milhões de pessoas" (em vez de *os* milhões). O perigo é que passem a dizer "dois dúzias de ovos"... A tolerância é louvável mas tem limites.

Devo dizer, porém, que não estou aqui para *criminalizar* esses atentados ao bom uso da língua, já que sou autor de um aforismo que diz: "quem tem frase de vidro não joga crase na frase do vizinho".

CIDADE

*H*oje, nas cidades, quem constrói casas, as constrói para os outros. Vejo agora, desta janela, alguns homens sobre um edifício em construção: não morarão lá, terão mesmo receio de entrar ali quando o edifício estiver pronto e habitado. Talvez seja de um desses homens – ou de um homem como esses – a casa que vi nascer, pela mão de seu dono, sobre o Túnel do Pasmado.

Passo por ali, de lotação, todos os dias. Vi quando as primeiras estacas da casa foram fincadas no barro, e segui distraidamente o seu crescimento. O homem a construía de noite, com o tempo que lhe sobrava depois de construir a casa dos outros. Ficou pronta há algum tempo já, e eis que agora surge, ao seu lado, um jovem e tenro mamoeiro.

Um mamoeiro – para quê? Os mais práticos ou pessimistas dirão que a enxurrada terminará por arrastá-lo encosta abaixo e que, de qualquer forma, um mamoeiro só não vale a pena. Mas só o dirão se não repararem bem no verde novinho das folhas, na graça do caule que parece crescer apenas de noite, como a casa cresceu. Há uma alegria em plantar e ver crescer, na realidade de todos, o que se plantou. Há uma alegria em se ver crescer uma planta, mesmo plantada por outro.

A maioria das pessoas talvez já tenha esquecido isso. A cidade grande matou nelas a alegria das ocupações inúteis.

E dentro do lotação, essa jaula, vim pensando coisas assim. Vim pensando inutilmente na azáfama da cidade e na quietude do campo.

Conheço a solidão dos pequenos povoados e da vida na roça – e não a amo. Acredito mesmo que o pai da cidade é o tédio, e que esse mesmo tédio continua a arrastar para as grandes cidades os homens nascidos no interior. A metrópole é uma miragem que chama os homens. Mas logo a miragem se desfaz, porque a agitação da cidade é vazia. Talvez os homens pensassem que, ocupados, se livrariam do tédio mas a ocupação que a cidade nos dá não nos ocupa. Nós, sim, ocupamos a cidade, e continuamos vazios. Vamos e voltamos, descemos e subimos, falamos, falamos, falamos. Mas, de fato, num tempo que o relógio não mede, jazemos imóveis e entediados, à espera da ocupação que nos ocupe. Na verdade o que todos desejaríamos era plantar mamoeiros. Mas, se é impossível, plantemos bananeiras!

MORAR

*T*odos nós passageiros de lotação já experimentamos o azar de ter por vizinho um par estrangeiro. Os da terra a não ser os garotões e uma ou outra comadre não costumam conversar alto nos coletivos. Mas os estrangeiros por hábito ou euforia turística danam-se a falar obrigando-nos a uma dolorosa atenção. Não se trata aqui de exagerado sentimento nacionalista mas apenas da opinião de um homem sem tempo, que lê enquanto viaja. Em matéria de passageiros, mais raro ainda é o tipo que puxa conversa – pelo menos comigo. Outro dia, no entanto, talvez porque estivesse de cabeça baixada sobre um livro de arquitetura, o homem que vinha ao meu lado disse quase como um segredo ao meu ouvido:

– Logo no princípio, desejava uma casa com quintal e árvores. Depois compreendi que um apartamento com vista para o mar e um pequeno jardim na varanda já era o suficiente...

Olhei para ele: não era um louco absolutamente; andava pelos quarenta e guardava, é certo, no olhar, alguma candura infantil.

– Queria um quarto para mim, outro para os meninos e uma saleta para fazer um escritório... Cortei os recortes do *Jornal do Brasil* (sic) e gastei um domingo inteiro à procura de um apartamento assim...

– Achou? – perguntei quase ironicamente.

– Achei, achei vários. Um tinha quase tudo o que eu queria... menos água; outro tinha água mas dentro dele não batia um raio de sol. Um terceiro, profusamente inundado de luz matinal, tinha os cômodos em estranhíssimas formas... Mas encontrei, depois de muito, o apartamento sonhado: amplo, cheio de sol, água à vontade, dois quartos, uma saleta e uma sala com amplas janelas para a rua. Via-se o mar ao longe.

– Bem, valeu a pena procurar, não?

– Não. Todo o meu ordenado mal daria para pagar o aluguel: 20 mil cruzeiros.

E então baixei outra vez os olhos para o meu livro de arquitetura onde aprendia que as casas são feitas para se morar e que toda cidade deve ser planejada de modo a permitir o aproveitamento do espaço urbano. Aproveitamento que não quer dizer "tirar o máximo de lucro" desse espaço e sim o máximo de alegria e conforto. Que livros teriam lido esses homens que construíram esses apartamentos sombrios, esses prédios cinzentos e tristes, próprios para suicídios?

O OVO

Aquele restaurante era tão triste como a maioria desses pequenos restaurantes que, depois das sete da noite, dão de comer à fauna dos trabalhadores noturnos. Pessoas sozinhas em mesas de dois e quatro lugares, pessoas que são sempre as mesmas, àquela hora, mas que não se falam nem se cumprimentam. Comem em silêncio e vão embora. O ambiente era esse até que apareceu o homem do ovo, um sujeitinho magro de cara chupada.

– Já escolheu?

– Quero um ovo, mas nem cozido, nem frito, nem quente...

– Como?

– Quero um ovo entre cozido e quente, sabe? Nem muito mole, nem muito duro.

Era natural que a coisa não desse certo. O garçom pediu na cozinha "um ovo cozido malpassado". Trouxe-o para a mesa, o homenzinho olhou e desaprovou com a cabeça: estava mole demais. O garçom desculpou-se e prometeu trazer outro ovo, no "ponto" exato. Trouxe. O homenzinho de novo desaprovou: estava duro demais. "Como hoje assim mesmo; amanhã, daremos um jeito."

Na noite seguinte, disse ao garçom: "avisa ao cozinheiro que deixe o ovo ferver durante três minutos e meio, nem mais nem menos". Mas ainda não era dessa vez que se atingiria o ideal. "Sei o que foi" – disse o freguês –, "ele pôs o ovo na caçarola antes da água ferver". O próximo ovo teria mais chance. "Lembre-se: três minutos e meio precisamente." O garçom explicou que não tinha relógio, o cozinheiro também não.

Veio o dono do restaurante. "Precisamos de alguém que controle o tempo de preparo de um ovo", explicou-lhe o homenzinho. O dono controlaria. "Quando a água ferver, me avise e eu dou o sinal para colocar o ovo na panela. Nosso amigo fica observando o ponteiro de segundos, OK?"

A essa altura o restaurante parara para acompanhar a operação ovo. "Começou a ferver." "Pronto, ponha o ovo na panela." Durante três minutos e meio houve um silêncio total. "Pode tirar", gritou o patrão. E quando o garçom veio com o ovo, os fregueses rodearam a mesa do homenzinho, que já o descascava: "Ótimo".

E a partir desse dia, o restaurante ganhou outra vida: Chegada a hora do ovo, todos paravam de comer e ficavam esperando. Nasciam discussões sobre o tempo exato para conseguir um ovo daqueles. "Seu relógio atrasa." "Nada disso, uso relógio de aviador." "Para ovo de casca pintada o tempo é três minutos e cinqüenta e oito segundos." "É muito: três e cinqüenta e sete." Mais tarde surgiram as apostas e dúzias de ovos eram devorados àquela hora. Em conseqüência disso, o restaurante prosperou e a freguesia engordou. Mas o homenzinho procurou outro restaurante onde pudesse controlar o tempo exato de seu ovo e comê-lo em paz.

FORMIGAS

Quando o tempo começa a molhar, os soalhos de São Luís, de velhas pesadas tábuas de andiroba, começam a minar formiga, em flores negras que brotam na sombra dos quartos, como ferozes símbolos do Inconsciente. Onde há formiga há dinheiro enterrado – diz-se – mas ferve-se água e acaba-se com a festa sinistra. Tive um amigo de infância que acabou no Hospício. Não me lembro de seu nome, creio que nunca o soube, lembro-me dele, de seu olhar que hoje recordo estranho. Meu pai tinha uma quitanda, no Galpão, e a mãe desse amigo tinha um restaurante, onde servia pratos feitos aos caboclos da Maioba, vendedores de verduras e ovos. De tarde, quando a venda findava, tomávamos conta do Galpão, brincando de esconder entre os balcões de pedra. (Ali o administrador matou um caboclo, de faca, no tempo da guerra, quando o horizonte de minha infância amedrontada cheirava a pólvora.)

Um dia, sentados na calçada do Galpão, conversávamos sobre problemas que esqueci, quando nasceu a história da formiga. Ele me contou: as formigas formaram um exército para atacar o inimigo, formigas também; havia o rei das formigas, a rainha, as crianças-formigas, as armas, os estandartes, os clarins. Saí da conversa como de um sonho, e pedi mais história no dia seguinte. Não houve. Não sei por que não houve mais.

191

Ele também desenhava, lembro-me agora do retrato de Buck Jones, em roupa de *cowboy*, que ele fez a lápis numa folha inteira de caderno, copiando de figurinhas de caramelo. Anos depois, encontrei-o na porta da colônia de psicopatas. Conversamos, não me pareceu louco. A última vez que o vi, que me lembre, ele já era um homem e a loucura estava cruelmente estampada em seu olhar. Passava na rua Grande, arrastando os tamancos, testa baixa e boca feroz. Via-o passar por mim, sem me reconhecer, como se, embora na mesma calçada, estivéssemos em tempos diferentes. Como em sonho.

MANIA DE PERSEGUIÇÃO

*N*ão sei se sou azarado ou sortudo. Se é verdade que, numa boa parte da vida, comi do pão que o Diabo amassou, devo admitir, hoje, vendo de longe, que foi melhor comer isto que nada.

De qualquer modo, por esta ou por outra razão qualquer, ando ultimamente com uma espécie de miniparanóia, considerando-me mais que os outros vítima freqüente da Lei de Murphy. Por exemplo: no momento mesmo em que, aproveitando que os carros vêm longe, atravesso a rua, tem sempre um outro cara que decide atravessar, no mesmo instante, em sentido contrário e na minha direção! Sou então obrigado a desviar dele e já aí os carros se aproximaram ameaçadoramente, deixando-me assustado e tenso. Por que isto?! Querem outro exemplo? Digamos que eu esteja com pressa e caminho velozmente pela calçada da Avenida Copacabana: surgirá em minha frente um sujeito empurrando vagarosamente uma carrocinha de sorvete e, se tento ultrapassá-lo pela direita, ele vira para a direita; se tento pela esquerda, ele vira para a esquerda! Parece perseguição, penso comigo, esforçando-me para afastar a idéia maluca de que sou perseguido por alguma entidade maligna. Isto me faz lembrar o caso de um sujeito que não saía de casa com medo de sofrer algum acidente fatal. Um dia ele saiu e foi vítima de uma bala perdida.

Nada a ver comigo, que estou sempre na rua, como já se viu. E, se é na rua que essas coisas me acontecem, nem por isso penso em me trancar em casa. Mas, voltando à paranóia, meu carro agora deu para furar o pneu. Faz seis meses, fui visitar um amigo em Santa Teresa e deixei o carro junto ao meio-fio. Quando voltava para casa, percebi que o pneu estava vazio e tive que trocá-lo sem ajuda de ninguém pois era tarde da noite e a rua estava deserta.

Pois bem, a mesma coisa aconteceu-me semana passada, mas com uma pequena diferença: chovia ou melhor caía um pé-d'água. A Cláudia estava comigo e tínhamos ido ao lançamento do livro de um amigo no Leblon. Para chegar à livraria já foi um desespero, porque, além de chover, era no começo da noite: engarrafamento para todos os lados. É verdade que eu, mais uma vez, errei o caminho, e por isso nos metemos numa enrascada ainda maior. Na hora de estacionar, claro, não havia lugar. Dei outra volta no quarteirão e consegui finalmente uma vaga para deixar o carro. E exatamente lá havia um prego à minha espera. A caminho de casa, mal andamos cinco quarteirões, percebi que uma das rodas da frente apresentava algum problema...

– Pneu furado de novo?! – pensei comigo. Não acredito! Parece perseguição!

Meu primeiro impulso foi encostar o carro em qualquer lugar, abandoná-lo ali e seguir para casa de táxi. Mas logo pensei nas conseqüências futuras e me submeti: parei o carro e tratei de trocar o pneu furado. É aquele negócio: afrouxa os parafusos, levanta o carro com o macaco, tira o pneu furado... Só que, quando peguei o estepe, verifiquei que ele também estava vazio.

– Não acredito – gritei – e sentei no meio-fio, a ponto de começar a chorar. A chuva começou a cair mais forte ainda.

Foi quando apareceram sete pessoas vestidas de vermelho. Uma delas aproximou-se de mim e perguntou se eu precisava de ajuda.

— Somos os Anjos da Guarda — disse-me ele. E de fato no peito de cada um deles havia a inscrição "Anjos da Guarda".

Esses anjos providenciais foram comigo até um posto de gasolina que havia a quatro esquinas dali, enchemos o estepe e voltamos sorrindo debaixo do aguaceiro. Eles puseram o pneu no lugar, guardaram o furado e as ferramentas na mala do carro.

— Tudo pronto, amigo.

Apertei-lhes a mão mas a minha vontade era beijá-los, um a um.

— Estamos sempre nas ruas para combater o crime e prestar socorro a quem necessite, disse o que falava português, porque os demais falavam espanhol e japonês.

Sem acreditar direito no que acabara de acontecer, entrei no carro e tomei o rumo de casa.

— Foi muita sorte — disse Cláudia.

— Mas tenho que tomar cuidado — respondi. Todo mundo só tem direito a um anjo da guarda. Eu acabo de dispor de sete. Estourei minha cota!

DOENÇA MENTAL

A moça de 17 anos entrou em surto e tentou se jogar da janela do apartamento. A mãe, em pânico, gritou para o filho homem que veio correndo a tempo de segurar a irmã e puxá-la para dentro.

O susto passou mas não o problema. Em delírio, ela agora insultava o irmão e mãe com palavras de uma obscenidade jamais suspeitada nela. A mãe pedia-lhe calma, buscou no fundo de sua alma o mais comovido carinho para dizer-lhe que a amava, que queria tê-la em seus braços. Tudo o que recebeu em resposta foram palavras insultuosas e cruéis.

– Odeio todos vocês que querem me entregar nas mãos do Diabo!

À uma da madrugada, sem mais saber o que fazer, a mãe telefonou para um pronto-socorro psiquiátrico, pediu a ajuda do pai e foram todos para lá, acompanhando a garota. Um médico levou-a para o consultório e ali ficou com ela durante algum tempo. Então chamou os familiares e disse que ela estava bem, que podiam levá-la para casa e lhe dessem dois comprimidos: um de haldol outro de fenergam. O pai (avô da garota), que tivera na família dois casos de esquizofrenia, revoltou-se:

– O senhor mandar de volta pra casa uma menina em pleno surto psicótico? Se fizer isto, vou para os jornais denunciá-lo!

No final, o que restou à família foi levar a garota para uma clínica particular, onde ela ficou internada, para alívio dos parentes. Hoje, internar algum doente psiquiátrico num hospital público é muito difícil porque foi aprovada uma lei que considera a internação um atentado aos direitos do paciente, o qual não é visto como doente mental e sim como um dissidente. Resumindo, ele é um cidadão normal que, por diferir do pensamento dominante, passa a ser perseguido, dopado e privado da liberdade.

Esta é uma lei proposta por deputado federal que, na época, afirmou: "as famílias internam o chamado doente psiquiátrico para se ver livre dele". A proposta inicial do deputado estabelecia que a internação tinha que ser precedida da autorização de um juiz. Ao ler isto, eu que vivi metade de minha vida enfrentando o problema, pensei comigo: "como é que um deputado totalmente ignorante da complexidade de um problema tão grave, tem a coragem de legislar sobre ele?"

Para que o leitor entenda o que acabo dizer, conto-lhe o que pode acontecer quando um doente entra em surto: ele pode agredir os pais, pode atentar contra a própria vida, ou pode falar ininterruptamente, aos berros, durante um dia e uma noite e entrar pelo dia seguinte. A situação que se cria dentro da casa é simplesmente intolerável. Dá para ir atrás de um juiz? E o que entende um juiz de doenças mentais para autorizar ou não a internação do paciente? É preciso muita insensibilidade ou ignorância para afirmar que a família quer é se livrar do doente. Gostaria de pôr um doente em surto na casa desse deputado para ver o que ele faria.

Um doente mental numa família é uma tragédia indescritível. E o sofrimento não vem apenas dos distúrbios que provoca mas sobretudo porque os seus familiares o amam e não sabem o que fazer para salvá-lo. É muita pretensão daquele deputado achar que tem mais amor aos filhos dos outros do que a própria família. Ignora o quanto dói a um pai ou uma mãe internar seu filho.

A maior ironia que esta lei implica é que, atuando sobre os hospitais públicos, deixa no desespero as famílias mais pobres, que não podem pagar clínicas particulares. E tudo isto por mero esnobismo intelectual de alguns que querem passar por "evoluídos", essa praga que empesta boa parte da intelectualidade brasileira.

SUPERSTICIOSO, EU?

*N*ão sou supersticioso. É claro que, se vou pela rua e vejo uma escada em meu caminho, não passo embaixo dela, não porque ache que dá azar, mas por temer que caia alguma coisa em minha cabeça. Do mesmo modo com relação ao número 13, de que os americanos têm tanto medo que muitos de seus edifícios não têm o décimo terceiro andar: pula do décimo segundo para o décimo quarto. E quando junta esse azarado número à sexta-feira, aí tem gente que nem sai de casa: sexta-feira treze! Deus me livre e guarde! Pois eu não, estou pouco ligando. Bom, se puder tomar o avião na quinta-feira ou no sábado, prefiro. Mas não por superstição, é que não vou dar chance ao azar...

Mas, como disse, supersticioso não sou. É verdade que algumas coisas me deixam grilado, como certas coincidências. Por exemplo, tenho observado que, toda vez que vou cruzar a rua fora do sinal, vem sempre alguém em sentido contrário e na minha exata direção! Que isto aconteça uma vez ou outra, tudo bem, mas todas as vezes deixa o cara cabreiro. No começo não dei importância. Lembro-me de uma vez que, ao atravessar a Avenida Nossa Senhora de Copacabana, em frente à praça do Lido, lembrei-me de ter esquecido sobre o balcão da farmácia a carteira de dinheiro. Decidi voltar num relance, e não é que uma senhora surge à minha frente empurrando um carrinho de compras e me atropela. Dei com a canela no metal do carrinho e, louco de dor, pulando numa perna só, entrei na farmácia em busca da carteira. Só que, ao entrar, colido com um empregado que vem em minha direção sobraçando caixas de remédio. Felizmente, minha carteira tinha sido recolhida pelo rapaz que me atendera. Ao menos isto, pensei comigo, passando a mão na canela que ainda doía.

São meras coincidências, dirá o leitor. "É que você é avoado demais", dirá a Cláudia, minha mulher.

— Eu sou avoado?! Que injustiça!

— Pelo menos é desligado. Você não me levou ontem para uma noite de autógrafo que só vai acontecer na semana que vem?

— Isso é golpe baixo, não mistura as coisas!

— Não estou misturando. Você não presta atenção para nada.

— Só porque...

— E o jantar na casa do Ivo, tá lembrado? Você me fez ir ao cabeleireiro, comprar vestido novo, me emperequetar toda pra depois pagar aquele mico? "Vocês por aqui? O jantar é amanhã!"

— Mas não pode negar que foi muito engraçado!

— Engraçado! Uma vergonha! Até hoje, quando me lembro, tenho vontade de sumir!

— Não exagera. Todo mundo sabe que poeta é mesmo pirado.

É do conhecimento geral que a mulher da gente sempre nos culpa de tudo o que acontece de errado. Se um ônibus nos fecha, a culpa é nossa que dirigimos sem atenção; se o restaurante está lotado, a culpa é nossa que temos fixação naquele restaurante.

É que ela faz questão de desconhecer a Lei de Murphy,

segundo a qual "sempre acontece o pior". E isto está comprovado sobejamente pelos fatos: se você escolhe aquele sábado para ouvir tranqüilamente o CD novo com os *Noturnos* de Chopin, claro que a prefeitura mandará uma equipe, naquela tarde mesma, quebrar o asfalto em frente à sua casa.

E os jornais? Já reparou que, se você deixa de ler alguma notícia ou artigo, não adianta procurar nos jornais amontados sobre o banco do escritório, porque não vai achar. Isto então é uma coisa irritante, que me põe alucinado. Como é que some exatamente o caderno que estou procurando?!

Vou atrás da empregada.

— Maria, você botou fora algum jornal de ontem pra hoje?

— Não, senhor, dei só alguns jornais velhos para o porteiro, que ele pediu.

— Velhos?! Você deu a ele exatamente o jornal que estou precisando!

Como já disse, não sou supersticioso, mas que há alguma força oculta querendo me sacanear, disto não tenho dúvida.

MITO

A mitificação dos homens é um fato social comum, e um dos mais perniciosos. Desde que um nome emerge, por qualquer razão, da massa anônima, está o seu dono sujeito a virar mito. Com isso, naturalmente, soma-se às forças dessa pessoa um dinamismo novo, que raramente reverte em benefício dos demais homens. De qualquer modo, uma coisa preciosa se perde: a verdade da condição real desse indivíduo.

O escritor é um dos tipos sociais mais sujeitos a esse fenômeno. Já ouvi, inúmeras vezes, queixas como esta: "Que decepção, o Fulano. Julgava-o diferente. É um homem como outro qualquer". Sim, as pessoas se surpreendem que os escritores comam, tropecem no beiço da calçada, assoem o nariz etc. Isso, nos casos mais graves de delírio adolescente. Mas é muito comum pensar-se que os escritores têm o mundo totalmente decifrado dentro de sua cabeça e não são suscetíveis de vacilar um instante sobre que decisão tomar em face desta ou daquela contingência.

E o curioso é que essa vontade idealista do público se reflete freqüentemente no escritor: e ei-lo se compondo, como diante do fotógrafo, a fim de não contrariar a imagem que os leitores criaram de sua pessoa. A propósito desse fenômeno, que termina por influir diretamente na própria obra do escritor, Roland Barthes escreveu que, na França, os homens de letras tinham todos se educado na "arte de morrer em público". É a frase do gênio alemão, à hora da morte: "mais luz, mais luz". (Se Goethe disse isso ou não, pouco importa: a frase é necessária para compor o mito.) No entanto, o velho e sábio Sócrates não se preocupou com que sua derradeira frase fosse esta: "Criton, nós devemos um galo a Asclépios; não te esqueças de pagá-lo".

Há, por outro lado, um esforço permanente dos biógrafos para fazer dos escritores e dos artistas personagens ideais. Ou para detratá-los, lançando mão de detalhes de sua vida particular. Tanto num caso, como noutro, deixa-se de lado o fato simples de que a obra de arte, quando acontece, é uma vitória da pessoa sobre seus defeitos e suas virtudes cotidianas.

DRUMMOND, UMA PARTE DE MIM

Como se sabe, nossa vida não é só nossa, uma vez que, além daquela parte que individualmente vivemos, há partes que outros viveram, como dizia um amigo que gostava de beber: "uma parte de minha vida eu vivo, outra parte me contam". Claro, o dele era um caso especial, de amnésia alcoólica mas eu mesmo, que não costumo tomar porres, de vez em quando ouço de alguém uma parte de minha vida que não me lembro de ter vivido.

E assim também vivo a vida dos outros, ou seja, sem que este outro saiba, que entrou na minha vida e até mudou a minha vida. Foi, por exemplo, o caso de Carlos Drummond de Andrade que nunca tinha me visto mais gordo quando, em 1949, li *Poesia até agora,* livro que reuniu todos os seus livros anteriores.

Imagine o leitor que eu, nascido e criado em São Luís do Maranhão, mal ouvira falar em poesia moderna. Até bem pouco tempo, minha leitura era Bilac, Raimundo Correia, Vicente de Carvalho, sem falar em Camões, Gonçalves Dias e Castro Alves, entre outros. Poesia para mim, portanto, falava de anjos, estrelas, regatos e flores. Abro então o livro de Drummond e leio: "Lua diurética". Levei um susto. Mas isto é poesia? – perguntei-me. "Ponho-me a escrever teu nome com letras de macarrão". Fechei o livro desapontado mas, em seguida, reconsiderei e decidi informar-me sobre a nova poesia.

Fui para a Biblioteca Pública e lá descobri O *empalhador de passarinhos,* de Mário de Andrade e *Cinzas do purgatório,* de Otto Maria Carpeaux. Lendo-os, compreendi o que era a tal poesia moderna e voltei a Drummond já menos preconceituoso. Foram os primeiros passos para compreender o grande poeta que estava naqueles poemas, em que se misturavam ironia, irreverência e contida emoção.

A poesia de Drummond, de certo modo, mudou minha vida, porque me revelou uma nova poesia, que não era mais a dos anjos e das estrelas, mas a da vida cotidiana. A poesia que estava na sopa, tomada em algum restaurante sórdido, por alguém com dor-de-corno. Aprendi que o poeta moderno reconhecia-se um homem comum, igual aos demais e que encontrava a poesia em situações que qualquer outra pessoa poderia viver.

Tornei-me leitor assíduo de Drummond, lia e relia seus poemas no meu pequeno quarto naquela casa da rua Celso de Magalhães, nº 9, em São Luís. Lia também Bandeira, Murilo Mendes, Jorge de Lima, Mário de Andrade. Mas foram os poemas de *Sentimento do mundo* e *A rosa do povo,* que me marcaram profundamente e me revelaram uma nova maneira de ver a vida e falar dela.

Transferi-me depois para o Rio mas não o procurei, nem a ele nem a nenhum poeta famoso. Um dia, na livraria Agir, lhe fui apresentado por José Condé. Conversava com outros escritores e mal tomou conhecimento de mim. Achei natural, pois já sabia que era tímido e pouco expansivo. Eu não era muito diferente. Impressionaram-me os seus olhos: duas pequenas lentes azuis que pareciam boiar soltas entre as pálpebras. Outra vez, topei com ele ao entrar no elevador do *Correio da Manhã,* na rua Gomes Freire. Ele saía apressado e mal me viu. A última vez que o encontrei foi no enterro de Vinicius de Moraes, muitos anos depois; criticava acidamente a medicina que não soubera curar com presteza o herpes que lhe havia tomado parte do rosto. Certo dia, um jornal noticiou que eu pretendia candidatar-me à Academia Brasileira de Letras. Alguém ligou para ele e, ao referir-se à notícia, ouviu dele o seguinte comentário: "Duvido. Se bem conheço Gullar, isto não passa de fofoca". Mal sabia que, neste particular, eu lhe seguia o exemplo.

A sua morte me deixou revoltado. Antes de tomar um avião que me levaria a Brasília, passei em seu velório no cemitério São João Batista. Quando os jornalistas me indagaram a respeito, respondi indignado, como se me houvessem agredido brutalmente. Eu estava em estado de choque, o Brasil havia perdido o seu grande poeta.

UMA PASSEATA HISTÓRICA

*M*uitas vezes, a gente faz a história sem saber que a faz. A imprensa carioca registrou recentemente o 35º aniversário da Passeata dos Cem Mil. E a história é contada, senão errada, desfigurada, sem mencionar alguns dos verdadeiros protagonistas do acontecimento. Fica parecendo que a passeata aconteceu graças aos artistas famosos que desfilaram na primeira fila, quando na verdade eles foram convidados a dar cobertura e prestígio à manifestação.

A coisa começou, numa quinta-feira à tarde, quando alguém jogou, de um prédio da Avenida Rio Branco, uma máquina de escrever na cabeça de um policial. No dia seguinte, o comandante da PM soltou uma nota afirmando que, agora, seria olho por olho e dente por dente. Diante desta ameaça, os intelectuais que lideravam a resistência à ditadura reuniram-se para ver como reagir. Decidiu-se, por sugestão minha, que fôssemos ao palácio Guanabara cobrar do governador, eleito pela oposição ao regime, que garantisse as manifestações públicas na cidade; do palácio iríamos para o teatro Gláucio Gil montar "uma barraca de protesto". Chamamos Hélio Pellegrino na casa de Joaquim Pedro e dissemos a ele o que deveria falar para o governador. Toda a intelectualidade carioca dirigiu-se ao palácio e a cobrança foi feita. De lá fomos para o teatro e começamos a organizar uma manifestação que deveria contar com o maior número possível de pessoas. Esta era a visão do PCB que, para isto, fazia contatos com o sindicato dos professores, a Associação de Mães e com representantes da Igreja. A liderança estudantil, encabeçada por Wladimir Palmeira, estava escondida para não ser presa; seus representantes, inexperientes, queriam ir para a rua mais uma vez jogar pedra na polícia. A muito custo, conseguimos adiar tal decisão até que houvéssemos costurado a frente ampla de apoio ao movimento.

A certa altura da noite, alguém chegou ao teatro e me chamou para a rua. Na esquina da rua Toneleros, atrás do teatro, num carro, encontrei-me com os membros do partido que articulavam a frente. Eles me deram a notícia, contávamos agora com o sindicato dos professores, a Associação de Mães e a Igreja, que conseguira do governador autorização para realizar-se a passeata, desde que obedecêssemos a um percurso predeterminado. Voltei imediatamente para o teatro, pedi a palavra e sob aplausos gerais dei as boas notícias. Agora, era organizar a manifestação. Mas eis que os estudantes decidiram não seguir o roteiro negociado. Disse-lhes que, se insistissem nisto, os principais artistas e intelectuais, que seguiam nossa orientação, não participariam. Criou-se um impasse mas, finalmente, chegou uma orientação de Wladimir Palmeira concordando conosco.

Optou-se por convocar as pessoas por setores, ficando cada um encarregado de chamar um mínimo de dez manifestantes, marcando encontro com eles nas proximidades da Praça Marechal Floriano, onde se faria a manifestação. Os membros de entidades estudantis e sindicais deveriam entrar em contato com as respectivas direções e iniciarem a mobilização já naquela noite. Tudo acertado, saímos em campo. Tal foi a nossa surpresa quando, no começo da tarde da segunda-feira, uma multidão acorreu à praça fronteira à Câmara de Vereadores. Hélio Pellegrino tomou a palavra e, empolgado com o tamanho da massa humana que estava ali, afirmou que tiraríamos os militares do poder "a tapas". Quando me chamaram para juntar-me à comissão de frente da passeata, neguei-me alegando que, como organizador, deveria guardar discrição.

Depois que a marcha começou, logo surgiram os carbonários a gritar: "Só a luta armada derruba a ditadura". Mas logo alguém levantou outra palavra de ordem: "O povo unido jamais será vencido". Este sábio *slogan* seria mil vezes repetido durante a luta de massa contra o regime militar. Outro dia, comovi-me ao ver na televisão, à frente de uma manifestação em Paris, uma enorme faixa que abria a passeata: "*Le peuple uni jamais sera vaincu*".

ALÉM DO POSSÍVEL

Coisa fácil é julgar os outros e difícil é compreendê-los. Já afirmei, aqui, que quem admite a complexidade da realidade não pode ser radical nem sectário, pela simples razão de que, se os problemas são complexos, não serão resolvidos de uma penada. Aliás, toda vez que se tenta fazê-lo, o desastre é inevitável. Mas a tendência mais comum é acreditar nas soluções milagrosas, mesmo porque aceitar que as coisas são complicadas custa muito, a não ser se se trata de nós mesmos. Claro, quando alguém nos acusa de ter agido mal, nossa resposta é sempre que não deu pra fazer melhor. "As coisas são complicadas", a gente argumenta. E são mesmo, mas para os outros também.

Essas considerações vêm a propósito de uma conversa que tive com uma amiga muito querida, que vive sonhando. Devo esclarecer que nasci sob o signo de Virgo e sou, portanto, segundo a discutível astrologia, um tipo *da terra,* que vive pesando e medindo tudo, sem tirar os pés do chão. Tanto isto é verdade que muito raramente escrevo poesia, uma vez que a poesia nos obriga a voar. Esta é a razão por que, quando me perguntam se eu sou o poeta Ferreira Gullar, eu respondo: "Às vezes". Dá então para entender a dificuldade que tenho de discutir certas coisas com uma pessoa do signo de Balança, por exemplo. Esta minha amiga é de Balança, isto é, não só hesita, sobe e desce, como flutua o tempo todo. E por isso, apesar do carinho que nos une, freqüentemente nos desentendemos.

— Mas você não vê que isto é loucura, menina?

— Loucura? Só porque desejo ir pro deserto de Atacama catar múmia?

— Não sabia que você agora virou arqueóloga!

— E precisa ser arqueóloga pra ir catar múmia em Atacama?

— Precisa, sim. Mesmo porque aquilo deve ser um campo arqueológico, supervisionado pelo governo chileno. Não pode qualquer pessoa chegar lá e começar a cavucar.

— Você é um chato, ouviu! É por isso que não suporto os virginianos!

— Você não suporta é a realidade, meu amor!

Pedi a conta e saímos amuados do restaurante. Ao chegar em casa, refleti.

— Que diabo tenho eu que ficar botando areia no sonho dos outros?

E, como bom virginiano, aleguei que só falara aquilo temendo que ela entrasse numa fria, se tocasse para o deserto de Atacama e desse com os burros n'água.

No dia seguinte, liguei para ela e me desculpei, expliquei-lhe que minha intenção era apenas alertá-la.

— E você pensa que eu sou maluca? Acha que eu ia mesmo me tocar para Atacama semana que vem?

— Temia que...

— O que você não entende é que tenho necessidade de sonhar, de imaginar coisas maravilhosas. Se as levarei à prática ou não, é secundário. Às vezes levo, como a viagem que fiz ao Himalaia e a outra, a Machu Pichu. Sei muito bem que fazer é mais difícil que sonhar, e por isso mesmo é que eu sonho.

Caí em mim. Lembrei-me de uma coisa que sei e de que às vezes me esqueço: a vida não é só o possível. Sem o impossível, não se vai muito além da próxima esquina.

MEU IGUAL,
MEU IRMÃO

Não vou mencionar-lhe o nome porque, se ele soubesse desta crônica, ficaria muito chateado. Mas não é só por isso, uma vez que ele não lê jornal algum e, portanto, dificilmente saberia que escrevi sobre ele. É também por escrúpulo. Aliás, a rigor, eu não deveria contar o que vou contar aqui, ainda que sem mencionar-lhe o nome. Não resisto, porém.

Nós nos conhecemos na casa de Mário Pedrosa, em fins de 1951, quando cheguei ao Rio. Ele era um rapaz, como eu, só quatro anos mais velho. Tímido, a barba por fazer, um paletó surrado, sem gravata. E dois olhos enormes e sofridos. Em matéria de aparência, a minha não era muito melhor. Tornamo-nos amigos. Ele era autor de alguns poucos poemas estranhos, que me impactaram. Eu morava numa vaga numa pensão da rua Carlos Sampaio, perto da praça da Cruz Vermelha; ele, não longe dali, com a mãe, num apartamento à rua General Caldwell.

Mais tarde, tornei-me jornalista, casei-me, já não ficava com ele vagabundando dia e noite; mas continuamos amigos, ainda que nos vendo esporadicamente. Tornei-me um poeta conhecido e ele não, nem nunca o quis. Continuava a trabalhar aqueles mesmos trinta poemas que me mostrou ao nos conhecermos. Um dia os editou num folheto e depois recolheu toda a edição e queimou-a. Noutra ocasião, gravou os poemas num disco. Sumiu por muitos anos.

Meti-me na luta política, escrevi poemas contra a desigualdade social, conspirei contra a ditadura e terminei na clandestinidade. O cerco apertou e fui aconselhado a deixar o país. Na véspera da viagem, estava caminhando à noite pela Avenida Atlântica, o coração apertado por ter que deixar meu país, minha família, meus amigos, quando deparei com ele. Renasci, abracei-o agradecido e ficamos longo tempo conversando. Quando voltei do exílio, sete anos depois, voltamos a nos encontrar por acaso na mesma avenida e rimos da coincidência.

Perdemo-nos de vista. Muitos anos depois ele me procurou para entregar-me a nova e definitiva edição de seus poemas, que já não eram trinta mas apenas quinze. Junto com os poemas editou sua teoria de uma nova ortografia, em que trabalhara desde aquela época. Queria que eu ajudasse a fazê-la chegar aos presidentes do Brasil e de Portugal, mas também à Unesco e à Academia de Ciências e Letras de Lisboa. Nem tentei dissuadi-lo e o ajudei a encontrar os endereços. Sumiu de novo.

Esta semana, atormentado com problemas pessoais, saí para andar na Avenida Atlântica a ver se aliviava a cabeça. Em vez de tomar a direção que sempre tomo, tomei outra e, uma esquina adiante, vejo a figura de um velhinho sorridente que se dirigia a mim, era ele: "Gullar! Você aqui, cara? Pensei que já tinha morrido!" Abraçamo-nos calorosamente, rindo de felicidade. E eu: "Pois também estava certo que você é que já tinha morrido, cara!"

– Não morri não – disse ele – continuo por aí. Fui até a Portugal e vivi lá dois anos!

– Não me diga. E o que foi fazer em Portugal?

— Fui levar à Academia de Ciências de Lisboa a minha teoria ortográfica. Eles nem deram bola mas não importa. Um dia, quem sabe, acontece alguma coisa e eles concordam comigo.

Eu balancei a cabeça comovido. Continuava o mesmo doido maravilhoso de sempre. Caminhamos juntos durante mais de hora, lembrando coisas, rindo.

— E tuas sobrinhas? — indaguei.

— Ninguém sabe por onde eu ando. Vendi a casinha de Jacarepaguá, comprei um conjugado no Centro, edifício Santos Vahls, e não disse nada a ninguém. Devem pensar que estou morto.

Na esquina de minha rua nos despedimos. Vi-o afastando-se e pensei comigo: "Até o próximo encontro, amigo, nesta Avenida ou talvez em outra, que ainda não conhecemos".

HOTEL AVENIDA

GERENTE – Madame, restam-lhe apenas duas horas para que desocupe o quarto. O hotel foi vendido,

HÓSPEDE – Duas horas só? Não saio; em duas horas eu esqueceria tudo. Duas horas não bastam.

GERENTE – Ajudarei a senhora, madame. Não esquecerá nada. Mando dois homens para ajudá-la.

HÓSPEDE – Dois homens! Conheci muitos homens e nenhum me ajudou a sair daqui. Moro há vinte anos neste quarto e há vinte anos estou para sair dele. Vinte anos, meu senhor, não bastam para se abandonar um quarto.

GERENTE – São dois homens treinados em mudança.

HÓSPEDE – Em mudanças alheias. Duas horas não chegam para uma das manchas da parede que fica em frente à cama. Sem falar nos pregos, na falha do forro, nas tábuas do assoalho...

GERENTE – O prazo legal esgotou. Mandei-lhe aviso prévio, não pode passar de hoje.

HÓSPEDE – ... sem falar na vidraça verde, na luz verde que a vidraça coa às quatro horas da tarde, na mancha verde da luz, na marcha da mancha verde na parede enquanto a tarde caminha...

GERENTE – A companhia que comprou o edifício exige a retirada de todos, não há mais tolerância possível.

HÓSPEDE – Esquecerei tudo. Em duas horas não poderia ver tudo, fixar tudo, levar tudo comigo. E estou velha demais para começar de novo, para ter outro quarto, outras paredes. Não saio.

GERENTE – A lei está comigo. Dei-lhe o prazo legal e o prazo terminou.

HÓSPEDE – Não fiz lei nenhuma, não assinei lei nenhuma. A lei foi inventada por comerciantes para comerciantes. Na verdade, a vida está fora da lei... Moro neste quarto há vinte anos e a lei permite que eu me mude, me obriga... A lei não previu a mancha de sol e a vidraça verde.

GERENTE – O prédio será demolido, a senhora terá de sair.

HÓSPEDE – Vão demolir o meu quarto, vão demolir minha vida, meu coração disseminado nas paredes!

GERENTE – Aqui se erguerá um edifício novo, de cimento armado, com mais de vinte andares.

HÓSPEDE – O cimento, o aço inoxidável, tudo vira carne, como estas paredes de barro e estuque.

GERENTE – Será um belo edifício, centenas de pessoas morarão nele.

HÓSPEDE – Será outro hotel, com mais quartos e mais prisioneiros. Cada pessoa devia ter a sua casa, num lugar seu, aonde a lei não chegasse.

ELEITOR

*P*or esta época, mas há já bastante tempo, numa cidade perdida no sertão maranhense, Severino, um homem que ganha a vida plantando algodão e cebola branca, está na varanda da casa de um dos dois donos de seu município. Os dois donos – desnecessário dizer – são inimigos e Severino tem que ficar com um deles. Ficou com este que agora, entre superior e brincalhão, pergunta-lhe:

– Está pronto pra votar no dia 3?

– Disposto estou, coronel, pronto... (Baixa os olhos para o chapéu velho de palha de carnaúba que segura entre os joelhos) pronto, a bem dizer, não estou não.

– Não tem problema. Na véspera vai um caminhão buscar você e o pessoal do Buriti.

– Mas não tenho chapéu, coronel. O chapéu que tenho é este aqui, de trabalho, velho como o senhor vê.

– Que chapéu, homem! Não é preciso chapéu pra votar. É preciso é o título. Já tem o título?

– Já.

– E então!

– Então é que sem chapéu novo eu não voto não, coronel. E depois não tenho beca nem sapato.

– Está bem. Antes de sair mando buscar no armazém um chapéu pra você.

– E a beca, coronel? O pessoal do governo vai votar

todo mundo de beca nova. O Joca Bonfim vai votar com o Dr. Teotônio. Eu disse pra ele que o senhor também tinha fortuna, que...

— Aquele Teotônio é um canalha! Gasta o dinheiro do Estado. Não tenho meios de vestir todos vocês, que diabo! Todo mundo vem aqui com essa conversa. Então votem com o Teotônio, que dá roupa e chapéu!

— Coronel, estamos com o senhor. Mas como é que vou trazer a mulher e as crianças pra cá? Ninguém tem roupa, anda tudo de trapo. O senhor sabe, mulher é bicho vaidoso...

O coronel entrega os pontos, o caboclo sai para receber no armazém (do coronel) o chapéu, a fazenda, os sapatos.

— A que ponto chegou a corrupção! — exclama ele para a mulher, que borda na poltrona em frente.

Ela nem sequer ergue a vista. Sabe de tudo.

REFORMA AGRÁRIA

Com coisa séria não se brinca, e o problema da reforma agrária é sério demais. Verdade é que, de tanto se falar nisso, a coisa vai caindo no terreno da galhofa. O próprio Francisco Julião afirmou certa vez que está vendo o dia em que a reforma agrária se fará, no Teatro Municipal, entre números de canto lírico...

Mas a verdade é que a reforma agrária dá margem a alguns instantes de bom humor, como tudo o que é trágico, aliás. O referido Julião – que não brinca em serviço – tem as suas piadas.

Certa vez foi chamado pelo governador de um estado importante onde começavam a se organizar ligas camponesas.

– Deputado Julião – disse o governador – não tenho nada contra as ligas mas quero lhe dizer que sou inteiramente contra o comunismo e não permitirei agitação no meu estado.

– Senhor governador – falou o deputado – não sei bem o que vossa excelência entende por agitação. Em certos casos, é preciso agitar um pouquinho. Tanto que até alguns remédios trazem escrito na bula: agite antes de usar. Se não agitar, governador, não faz efeito...

Um episódio engraçado sucedeu em Goiás, onde agora os latifundiários e grileiros voltaram a atacar os lavradores. Certo fazendeiro, muito preocupado com a situação, resolveu dedicar-se ao esclarecimento dos agricultores que trabalhavam em suas terras, a fim de evitar que eles fossem também chamados a se integrar em alguma liga camponesa. Montou o cavalo e foi, de porta em porta, conversando como quem não quer nada.

— Juvêncio — disse a um deles — você já ouviu falar em comunismo?

— Não, coronel.

— Comunismo, Juvêncio, é um negócio ruim como o diabo, faz você trabalhar e toma tudo o que você planta. Toma a terra, toma o porco, toma a safra. Você não tem direito a nada.

Juvêncio, que ouvira tudo atentamente, comentou:

— Ué, coronel, então nós já tamos aqui num comunismo brabo danado!

PEDRO FAZENDEIRO

*P*edro Fazendeiro me contou. Pedro Fazendeiro é um líder camponês de Sapé, na Paraíba, que esteve no Rio com a viúva de Pedro Teixeira, líder paraibano, morto a mando de Agnaldo Veloso Borges, conforme denúncia recente à Justiça. Não sei se vocês sabem que esse Agnaldo agora é deputado e, assim, nada sofrerá. Ele era o 12º suplente de seu partido. Pois bem, onze deputados estaduais renunciaram, inclusive o titular do mandato, para que o responsável pela morte de Pedro Teixeira pudesse escapar à Justiça.

Pedro Fazendeiro me contou.

– O pessoal na Paraíba está numa miséria de fazer dó. A fome é brava. O que se come lá é farinha-d'água com água. E nem sempre: o lavrador ganha cem cruzeiros por dia e um litro de farinha custa isso.

Pedro Fazendeiro me contou que o camponês da Paraíba põe água no fogo e depois joga a farinha dentro. É o almoço e é o jantar. Se há um temperozinho ou sal, ele bota na água pra dar um pouco de gosto. E já há gente comendo capim. Descobriram lá um mato que dá uma espiga que tem certo gosto. Não é gosto bom mas é gosto. Põem aquelas espigas junto com a água pra tirar o desconsolo da farinha pura.

Houve um caboclo que foi expulso da terra onde trabalhava por ter-se queixado da situação. É proibido queixas. O dono da terra o expulsou e mandou avisar a todos os vizinhos que não lhe dessem trabalho, pois era comunista. O pobre homem rodou o município inteiro com a mulher e os filhos mas ninguém, de fato, lhe deu trabalho. Não tinham mais o que comer e as crianças choravam de fome. Chegaram a Sapé. Desesperado, o caboclo decidiu se matar e matar a família. Tudo o que possuía, ainda, era um facão de cortar mato. Deixou a família dormir numa ponta de rua e começou a amolar o facão. Que mais podia fazer senão acabar com tudo? Mas uma das crianças acordou chorando e lhe pediu comida. O homem não teve coragem nem de responder e começou a chorar também, já agora sem nem mesmo a solução desesperada que encontrara. Esse homem foi recolhido pelo finado Pedro Teixeira e é hoje um dos membros da Liga Camponesa de Sapé.

Quem me contou foi Pedro Fazendeiro, aleijado de uma perna e um braço em conseqüência dos tiros que levou, a mando dos fazendeiros. E ele conclui, sorrindo:

– Sou chamado de Pedro Fazendeiro, não porque eu tenha fazenda, mas porque vivo querendo tomar as fazendas dos outros...

RISCO BRASIL

*T*odo mundo que tem um bicho de estimação – um gato, um cachorro – um dia se pergunta: e se ele morrer, o que faço? onde o enterro? É que ninguém tem coragem de simplesmente jogar no lixo o corpo de seu amigo fiel. Há a alternativa, surgida mais recentemente, de enterrar o animal de estimação num cemitério de animais, mas nem todo mundo gosta disso, considerando que é levar longe demais esta relação de amizade entre desiguais.

Não sei se dona Maria Teresa chegou a estudar esta hipótese porque, de fato, parecia-lhe quase uma traição ficar cogitando de onde enterrar o companheiro que, inocente e alegremente, saltava em sua volta abanando o rabo e lambendo-lhe o rosto. Não tomou nenhuma decisão, embora soubesse muito bem que seu cão era bastante idoso. Assim foi que, de repente, o My Friend morreu.

Pode-se imaginar o choque emocional que sofreu dona Maria Teresa, ao deparar com o cão estirado a um canto da área de serviço próximo ao prato de ração. No primeiro momento, achou que ele estava dormindo, embora ele não costumasse dormir naquela posição e com a língua de fora.

– My Friend, My Friend! – chamou ela, tocando-o com a mão.

Como ele não acordou nem se moveu, ela entrou em pânico: seu cãozinho estava morto! Cãozinho é modo carinhoso de dizer, já que My Friend era um vira-lata de tamanho médio e que crescera bastante devido à boa alimentação e o bom-trato.

Depois de enxugar as lágrimas e vencer o pânico, dona Maria Teresa voltou à realidade prática: e agora? onde vou enterrar o My Friend, meu Deus? As idéias mais disparatadas lhe vieram à cabeça até mesmo a de embrulhá-lo e deixá-lo num terreno baldio. Não, isso não podia fazer com o coitado... E se o enterrasse ali? Sim, podia comprar uma pá, levá-lo até um terreno baldio à noite, cavar uma cova e enterrá-lo. Não importava se se tratava de um terreno baldio ou um jardim, o fundamental era não deixá-lo apodrecendo ao relento, como se fosse um bicho sem dono, um cão vadio, sem pai nem mãe... Logo se deu conta de que esta era uma solução inviável, pois não tinha carro, não conhecia nenhum terreno baldio e nem teria coragem de sozinha levar a cabo essa missão... Nisto é que dá viver sozinha, sem marido, nem filhos... Estava, assim, à beira do desespero quando se lembrou da Neusinha, sua amiga, antiga companheira de trabalho na prefeitura, que morava numa casa com quintal. Telefonou de imediato para ela e, mal contendo o choro, expôs-lhe seu drama.

– Traz o bichinho aqui pra casa – acudiu-lhe a amiga. A gente enterra ele no quintal.

Maria Teresa ganhou vida nova e tratou de tomar as providências necessárias. Teria que transportar o cadáver de My Friend num táxi e logo viu que não poderia entrar no carro com o bicho morto nos braços. O motorista não iria permitir. Embrulhá-lo numa toalha de banho? Não, ia ficar esquisito... Foi quando se lembrou da caixa de papelão onde viera a sua nova televisão e que era suficientemente grande para caber o corpo do cachorro. Correu ao quarto de empregada onde guardara a caixa, trouxe-a para a área de serviço e pôs o corpo do amigo dentro dela. Para que a caixa não abrisse, recorreu ao rolo de fita gomada e a lacrou. Respirou aliviada, as coisas agora caminhavam para uma solução.

Trocou de roupa, desceu com a caixa pelo elevador e, com a ajuda do porteiro, chegou à beira da calçada onde tomou o primeiro táxi que passava.

– Para o Recreio dos Bandeirantes – disse ao taxista, depois de acomodar-se com a caixa no banco de trás.

O Recreio era longe e as luzes das ruas já estavam acesas. Não se podia dizer que Maria Teresa estivesse feliz mas agradecia a Deus ter encontrado um jeito de resolver o problema. Perdia-se nesta e outras considerações quando viu que a viagem chegava ao fim.

– Passando a esquina, a terceira casa à direita, informou ao taxista.

O táxi andou mais alguns metros e parou.

– Não é aqui, não, moço, é depois da esquina.

– São vinte reais, madame. Pague e desça do carro.

– Mas...

– Faça o que tou dizendo, antes que eu perca a paciência.

Sem entender nada, ela abriu a bolsa tirou o dinheiro e entregou ao homem. Ao fazer menção de pegar a caixa, ele falou:

– A televisão fica.

– Moço, nesta caixa...

– Desça logo, sua vaca! – berrou o taxista. A televisão fica!

Tremendo de medo, Maria Teresa desceu do táxi, que se afastou rapidamente levando consigo uma bela surpresa para o motorista ladrão.

RISCO BRASIL II

*P*ara quem não leu a crônica anterior, um brevíssimo resumo: uma senhora, tendo morrido seu cão de estimação, colocou-o dentro de uma caixa (onde viera sua nova televisão), e tomou um táxi para ir enterrá-lo no quintal de uma amiga; ao descer do táxi, o motorista lhe cobrou a viagem e ordenou: "a televisão fica"; ela desceu assustada, ele seguiu em frente achando que roubara uma televisão nova em folha. Vejamos o que aconteceu depois disso...

O taxista, que bem podia se chamar Nicolau, tratou de afastar-se daquele bairro o mais depressa que pôde. Embora tivesse sido aquela a primeira corrida da noite – e que bela corrida! –, teria que ir embora para casa, uma vez que a mulher certamente telefonaria para a polícia denunciando o roubo. A chapa do táxi, ela não sabia, pois nervosa como ficara certamente nem pensou em anotá-la, mas podia informar que se tratava de um táxi com uma caixa de televisão no banco de trás.

Ao pensar nisto, logo lhe ocorreu parar o táxi e pôr a caixa na mala. Mas decidiu que era melhor fazer isto bem longe dali, em alguma rua deserta, onde não fosse visto. Aliás, melhor mesmo era sair daquela avenida cheia de carros e tomar um atalho para casa, cortando pelo Alto da Boa Vista.

Foi o que fez. Tomou um retorno, voltou pela pista paralela, cruzou a pequena ponte e rumou na direção do

Itanhangá. Em breve estaria subindo pela estrada quase deserta que o conduziria ao outro lado da cidade. Dali era só pegar a Avenida Maracanã, depois a Avenida Brasil e em breve estaria em casa.

Andava agora entre árvores pela estrada escura e achou que era o melhor momento para parar e transferir a caixa de televisão para a mala do carro. Parou, desceu mas quando estava puxando a caixa para fora, ouviu uma voz:

— Quieto aí, amizade.

Voltou-se e viu um rapaz escuro, de camisa colorida, com um revólver na mão.

— Passa a féria pra cá.

Nicolau estava surpreso e furioso.

— Tudo o que tenho é isto, disse passando para o assaltante as duas notas de dez que recebera de Maria Teresa.

O rapaz guardou o dinheiro e olhou para dentro do táxi.

— Uma televisão novinha?! Agora, sim!... Vamos, entra aí. Você vai me levar em casa.

Nicolau obedeceu e, sob a mira do revólver, deu partida no carro. O assaltante, no banco de trás, ao lado da caixa de televisão, apontava-lhe o revólver para a cabeça.

— Esta tevê deve ter custado uma nota preta, hein, cara! Puxa, maneira, era do que tava precisando! Como é, comprou à prestação? Deve ter comprado à prestação, um fodido como tu não tem grana pra comprar a vista...

O táxi seguia na direção da Muda.

— Tu vai me deixar no Borel, tá legal? É caminho. E se fizer tudo direitinho não te machuco, mas se tu quiser bancar o esperto, cara, aí eu te queimo. Tás me ouvindo?

Nicolau não falou nada.

— Responde, seu merda, tás me ouvindo?

— Tou.

O jovem assaltante falava sem parar, ora gozando Nicolau, ora o ameaçando, até que tomaram o caminho do morro do Borel, onde, para sorte de Nicolau, a polícia fazia uma batida. O táxi foi logo abordado por um carro da polícia, que fez sinal para que parasse. O rapaz, assustado, escondeu o revólver e falou para Nicolau.

— Diz que eu sou um passageiro, senão tu morre.

Mal parou o carro, Nicolau abriu a porta e desceu.

— Aí dentro tem um assaltante — disse ao policial.

Foi tudo muito rápido. O assaltante tentou inventar uma desculpa mas foi revistado pelo policial que lhe tomou o revólver e o algemou. Depois virou-se para Nicolau:

— Pode seguir seu caminho, sem susto. É menos um ladrão para assaltar os cidadãos honestos.

Nicolau tratou de se mandar, antes que outra reviravolta ocorresse. Tomou o caminho de casa e nem pensou mais em guardar a caixa no porta-malas. Encostou o carro em frente à porta e entrou em casa eufórico, carregando a caixa nos braços.

— Maninha, comprei uma televisão nova pra gente!

Maninha, a filha e o filho deles, puseram-se todos em volta da caixa, esperando que o pai a abrisse. Ele cortou a fita gomada com um canivete e ao abrir a caixa não acreditou no que viu. Que diabo era aquilo?!

TEM GRINGO
NO SAMBA

O carnaval carioca, que antigamente tomava conta da cidade inteira com bailes nos clubes, desfile de fantasias, blocos da rua com milhares de participantes, blocos de sujo e desfile de ranchos e escolas de samba, limita-se hoje quase somente ao desfile das escolas de samba na Marquês de Sapucaí.

Faz já muitos anos que o desfile das escolas constitui a principal atração do carnaval do Rio. Durante os anos 60 surgiu a Banda de Ipanema, que inspirou o nascimento de outras bandas em diferentes bairros, fez renascer em certa medida o carnaval de rua. Algumas dessas bandas continuam desfilando, inclusive a de Ipanema, que já nada tem da banda de antigamente, tomada que foi pelos travestis e grupos violentos que nela se intrometem, tirando-lhe a graça original.

Mas não só as bandas mudaram; a mudança maior se deu precisamente nos desfiles das escolas de samba, que deviam se chamar agora "escolas de marcha", uma vez que já não se pode chamar de samba a música que cantam e tocam durante o desfile.

Foi nos anos 60 que esse desfile ganhou projeção no carnaval carioca, graças ao interesse do pessoal da zona sul. A coisa começou no Teatro Opinião com um *show* criado por Thereza Aragão chamado "A fina flor do Samba", que exibia, em Copacabana, compositores, cantores, passistas e ritmistas das escolas de samba. O público que freqüentava o *show* passou a ir ao desfile, que naquela época era, se não me engano, na Avenida Rio Branco. Muitos deles não resistiram à vontade de desfilar. A gente criticava: "tem branco no samba!"

Mas os brancos continuaram invadindo o desfile, freqüentando os ensaios das escolas e terminaram criando suas próprias alas. Alas de brancos, mas brancos que gostavam de sambar e desfilar. Só que a coisa não pararia aí. Alguns chefes de ala das escolas resolveram ganhar dinheiro com isso: passaram a vender aos brancos fantasias pelo dobro do preço. E se vendiam para brancos da zona sul por que não para outros brancos? Passou a vir gente de São Paulo, Belo Horizonte, Porto Alegre para desfilar nas escolas do Rio. A essa altura, as empresas de turismo entraram no negócio e, de comum acordo com as escolas, passaram a vender pacotes para turistas estrangeiros, incluindo fantasia e lugar seguro no desfile. Uma amiga minha profetizava: no futuro, o desfile vai ser branco na arquibancada, branco desfilando e crioulo na bateria.

Enquanto isto, o desfile também mudava de lugar: da Rio Branco, foi para a Avenida Antônio Carlos e finalmente para a Marquês de Sapucaí, onde permanece até hoje. Mas antes, em lugar da passarela projetada por Oscar Niemeyer, eram arquibancadas de madeira e tubos de aço. Com a passarela de concreto armado, as arquibancadas ficaram mais distantes da pista onde passam as escolas e isso determinou o aumento da altura dos carros alegóricos. Outra mudança foi a limitação do tempo de desfile de cada escola, o que a obriga a um desfile mais rápido e, conseqüentemente, a acelerar o andamento do samba, que por isso quase virou marcha.

Os gringos, que antigamente compravam nas empresas de turismo um pacote incluindo fantasia e um lugar para desfilar, agora chegam com um mês de antecedência e fazem um curso para aprender a sambar. Alguns já aprendem a tocar o agogô, a cuíca e o tamborim. Enquanto isto, as alas das baianas, as mais tradicionais das escolas, onde desfila a velha guarda feminina, começam a ser desativadas. A profecia de minha amiga era demasiado otimista. Ao que tudo indica, o futuro será gringo na arquibancada, gringo desfilando e gringo na bateria.

Bem, levando tudo isto em consideração, eu, que assisto ao desfile desde 1954, pedi o meu boné. Vou para a Cinelândia tomar o meu chope e ver os blocos de sujos.

OS HUMORISTAS,
ESSES IMPLACÁVEIS

*P*ara minha felicidade, sempre fui amigo dos humoristas e, embora não faça isso de caso pensado, não aconselho ninguém a puxar briga com eles. São gente simpática, obviamente engraçada mas perigosa, pois com uma simples frase pode acabar com você. Não sei se o pessoal já reparou mas eu, que sou dado a uma discussão, quando me defronto com um deles, trato de pôr o galho dentro. Com humorista eu não polemizo. Aliás, a única vez que fiz isto me dei mal.

Foi com Henfil (logo com quem!). Por falta de assunto, caí na besteira de criticar uma afirmação dele de que o povo era burro e votava mal; disse eu que tal afirmação podia conduzir ao radicalismo dos que, na época da ditadura, pregavam o voto nulo e com isso ajudavam os militares a ganharem as eleições. A resposta de Henfil não teve graça nenhuma, o mínimo que ele fez foi insultar minha mãe. Um dos riscos é este: em geral os humoristas, que a todos criticam publicamente, quando criticados, às vezes reagem sem qualquer senso de humor. Neste particular, devo confessar minha admiração por Jaguar, que nunca se leva a sério e goza tanto de si mesmo quanto dos outros.

Outra desvantagem de brigar com um humorista é que ele não tem obrigação de falar sério. Isso lhes dá o direito de lançar mão de qualquer argumento, o mais absurdo que seja, falso, incoerente, e se alguém reclama ele responde: aquilo era gozação, cara. Já você, que não é humorista, tem que argumentar dentro da saia justa. Quando se trata de assunto político, então, a coisa está pra eles: riem, ridicularizam, tripudiam, enquanto o adversário fica sem saber se responde ou não, se aquilo é sério ou não é. Resultado, engole em seco e faz que não é com ele. Se duvida do que estou afirmando, eu lhe pergunto: já viu alguém responder a algum humorista? Só estando maluco. E o chargista, então! Imaginou o presidente da República mandar uma carta respondendo a uma charge do Chico Caruso? Se fizer, cai no dia seguinte.

O chargista é um humorista atípico. Atípico porque mais perigoso e porque – como direi? – sádico. (A esta hora, o leitor deve estar achando que eu sou maluco: como é que esse cara tem coragem de chamar os chargistas de sádicos?!) Agora é tarde, *noblesse oblige*. É, o chargista é destituído de piedade. Todos vocês já ouviram dizer que "o humorista perde o amigo mas não perde a piada". Do chargista, pode-se dizer que ele perde até a alma. Não lhe interessa o que a mulher daquele ministro vai pensar dele depois de ver a charge estampada no jornal. E os filhos? E a mãe do ministro? Eu me ponho no lugar do chargista e pergunto o que faria diante do papel em branco: acabo com ele ou alivio? Certamente, alivio, peço demissão; antes voltar a ser copidesque que um remorso a me roer a consciência! Já o chargista verdadeiro, não; ele baba de prazer, a cada traço, e vai rindo às gargalhadas levar a charge ao chefe da redação. De volta para casa, abraça a patroa, beija os filhinhos, janta e dorme com a consciência tranqüila. Aliás, antes de adormecer, ainda lembra da charge e sorri satisfeito consigo mesmo.

Certa vez, meu amigo José Sarney, então presidente da República, convidou-me para almoçar com ele no Palácio da Alvorada. Naquela época, o Millôr Fernandes escrevia uma crônica por dia gozando, injustamente, a literatura do meu conterrâneo. À porta do palácio fui abordado pelos jornalistas que, entre outras perguntas, me fizeram esta:

– O que acha das piadas do Millôr sobre os contos do presidente Sarney?

E eu respondi de estalo:

– Os humoristas não estão aí para fazer justiça mas para fazer graça.

Um dia contei isto ao Jaguar. Ele riu muito e falou:

– Vou adotar esta sua frase para me defender dos humilhados e ofendidos por mim.

HOMEM INVENÇÃO
DO HOMEM

*D*e algum tempo para cá, passei a refletir sobre esta idéia: nós, seres humanos, somos mais culturais do que naturais.

Não há nada de novo nisto, todo mundo sabe que o que distingue um homem de uma anta ou de um mico-leão – já que os três são animais – é que o homem possui a capacidade de mudar o mundo e, com sua inteligência, criar ferramentas, utensílios e valores: constrói para si um universo próprio que é fruto da cultura. Pode-se, por isso, afirmar que o homem inventa o mundo em que ele vive, tanto o meio físico quanto o meio espiritual.

Embora estas idéias não sejam novas, a reflexão sobre elas levou-me a ver claro algumas coisas. Por exemplo, certa vez ouvi meu querido amigo Darcy Ribeiro afirmar que nós, brasileiros, nascemos de um "Ninguém". Como assim? perguntei. Ele respondeu: "O português comeu a índia e então nasceu um bebê que não era nem português nem índio – era um Ninguém. Esse Ninguém é que deu origem ao brasileiro".

Hoje, quando reconsidero tais afirmações, a partir da idéia de que o homem é um ser cultural, descubro o que havia de errado na tese de meu amigo. É que ele partia da idéia do homem como raça – o branco português e a índia – não como ser cultural. Se assim o fizesse, sua conclusão seria outra. Bastaria pensar o seguinte: se o filho do português e da índia fosse criado na cidade dos brancos, adquiriria a cultura branca e se tornaria um homem branco; se fosse criado na aldeia materna, seria educado como índio e se tornaria índio. É correta a observação de Darcy de que o filho que nasceu do português e da índia era um Ninguém. Mas a verdade é que todos nós – filhos de quem sejamos – nascemos Ninguém, já que só nos tornamos Alguém, ou seja, brasileiros, ou franceses, ou índios ou japoneses, pela cultura. Alguém tem dúvida de que os descendentes de japoneses que nasceram no Brasil, que aqui se criaram e educaram, são brasileiros?

Este conceito do homem como ser cultural é, além do mais, um antídoto eficaz contra o racismo. Se a identidade efetiva do ser humano é cultural, que importa a sua origem étnica e a cor de sua pele?

O racismo se fundou, nos tempos modernos, em supostas diferenças biológicas que decorreriam da origem étnica distinta; essas diferenças biológicas determinariam a suposta superioridade de uma raça sobre a outra. Mas se a questão se situa no plano cultural, a tese racista se evapora, ficando evidente que o homem não é apenas o bicho que ele é ao nascer mas o que ele se torna. E o que ele se torna é o que ele aprende, incorpora e inventa. Sim, porque o homem, ente cultural, é também uma invenção de si mesmo.

O cão, o gato, o boi não inventam nada. Nascem com os requisitos necessários à sua sobrevivência. As abelhas constroem suas colméias hoje do mesmo modo como as construíam há milhares e milhares de anos. Mas o homem nasceu carente e inadaptado e, por isso, teve que inventar desde a faca, o fogo, a roda, a máquina a vapor, o automóvel, o satélite artificial e o computador, até Deus. O homem inventou o teatro, a música, a poesia, a pintura, a filosofia. Inventou a cidade. Inventou os valores éticos e o futuro. Inventou o bem e o mal, a fraternidade e a justiça. Pode ser que ele nunca chegue a ser, como indivíduo e sociedade, justo, equânime e fraterno. Mas aspira a isso, tanto aspira que inventou esta sociedade, este homem ideal melhor que ele.

BIOGRAFIA

Ferreira Gullar é o nome literário de José de Ribamar Ferreira, filho de Newton Ferreira e Alzira Goulart Ferreira. Nasceu no dia 10 de setembro de 1930 em São Luís do Maranhão. O avô paterno era português e a avó brasileira; pelo lado da mãe descende de índios e franceses, responsáveis pelos traços físicos e sobrenome do poeta.

O interesse pela literatura teve início quando tinha de 12 para 13 anos, começando então a escrever os primeiros poemas. Em 1945, a professora encomendou uma redação sobre o Dia do Trabalho. O texto de Gullar foi centrado na idéia: neste dia ninguém trabalha. Era a sua primeira "crítica social". Foi um sucesso na turma e a professora disse só ter dado a nota 95 porque havia dois erros de português. Então achou que era um escritor, mas, como não havia conseguido a nota 100, decidiu estudar. Passou dois anos mergulhado na gramática e aprendeu tudo que podia.

Freqüentou até os 17 anos a Escola Técnica de São Luís, onde aprendeu rudimentos de marcenaria, serralheria e sapataria, trabalhando os metais, a madeira, as tintas e o couro. Ainda hoje afirma, brincando: "Se quiser, posso lhe fazer um sapato". A partir daí aprimorou-se como autodidata.

Logo começou a trabalhar como locutor na Rádio Timbira, a "PRJ-9" de São Luís. Tornou-se também colaborador do *Diário de São Luís*. Com o amigo Lago Burnett lançou a revista *O saci*, o jornal *Letras da Província* e a revista *Afluente*, em sucessivos empreendimentos de curta duração. A principal característica desses periódicos era ser contra a Academia Maranhense de Letras.

Em 1949 publicou, com recursos próprios e auxílio materno, seu primeiro livro, *Um pouco acima do chão*, posteriormente renegado. Os poemas ali reunidos foram escritos sob a influência da leitura constante dos poetas parnasianos. Aprendera a fazer o soneto e esmerava-se nessa técnica. Costuma dizer: "Fiquei tão viciado no uso do verso que falava em decassílabo. Se quisesse, pensava em decassílabo". O jovem Gullar ainda não havia descoberto a poesia moderna, que chegaria às suas mãos naquele mesmo ano, através de um exemplar de *Poesia até agora*, de Carlos Drummond de Andrade.

Dois anos depois, com muita coragem e pouco dinheiro, veio para o Rio de Janeiro. Estava insatisfeito com a vida cultural de São Luís, mas motivado por ter sido vencedor do Concurso Nacional de Poesia promovido pelo *Jornal de Letras*, do Rio. O poema premiado foi "Galo galo". O júri era formado por Manuel Bandeira, Willy Levin e Odylo Costa, filho – um estímulo para qualquer iniciante ou veterano.

Conseguiu, com dificuldade, o primeiro emprego no Rio: uma vaga na *Revista do IAPC* (Instituto de Aposentadoria e Pensões dos Comerciários – um dos ancestrais do INSS). Não começou a trabalhar de imediato, pois foi reprovado no exame médico: a "chapa do pulmão", como se dizia na época, revelou que estava tuberculoso. Tratou-se num sanatório em Correas, Estado do Rio, e assumiu o emprego em março de 1952. Lá, já trabalhavam Lúcio Cardoso e Breno Accioly.

Nessa época conheceu Mário Pedrosa e começou a estudar história da arte. Com ele aprendeu a gramática da pintura. Pegava emprestado de sua biblioteca os livros sobre o assunto. Assim nasceu o crítico de arte Ferreira Gullar e consolidou-se o pintor amador. E o pensador polêmico que mais tarde se destacaria na vida intelectual brasileira? Também teve origem na convivência com Mário Pedrosa. Discutiam e conversavam muito. A pedido de Gullar, indicava os livros e orientava as leituras, tanto em português como em francês – língua que aprendera estudando sozinho, em São Luís.

Em 1954 lançou *A luta corporal*, sua segunda coletânea e um marco da poesia brasileira. Já dominava o verso livre e se familiarizara com a poesia moderna. Com esse livro abriu caminho para o movimento de vanguarda intitulado Concretismo, do qual participou e com o qual rompeu, para, em 1959, organizar e liderar o grupo neoconcretista – com Lygia Clark, Amílcar de Castro, Hélio Oiticica, entre outros –, cujo manifesto redigiu. Toda a teoria neoconcreta veio *a posteriori*. Não eram dogmas a serem seguidos, mas descobertas feitas a partir da obra. Uma posição contrária ao excessivo cerebralismo do Concretismo. Suas experiências concretistas foram reunidas no livro *Poemas*, lançado em 1958.

Naquele mesmo ano de 1954, casou-se com Thereza Aragão, com quem teve três filhos. Desenvolvera uma carreira respeitável como jornalista: revisor, copidesque, redator, cronista, começando pela *Revista do IAPC* até chegar a co-diretor do Suplemento Dominical do *Jornal do Brasil*, com passagens pelos periódicos *Arquitetura, O Cruzeiro, Manchete, Diário Carioca, Diário de Notícias* e, mais tarde, por *O Estado de S. Paulo*, onde permaneceria por mais de trinta anos. Nessa trajetória teve oportunidade de trabalhar com grandes expoentes de nossa intelectualidade: Rubem Braga, Paulo Mendes Campos, Manuel Bandeira, Otto Lara Resende, entre outros.

Em 1961 foi nomeado presidente da Fundação Cultural de Brasília. Pela primeira vez deixou o Rio para morar em outra cidade. Pela primeira vez ocuparia um cargo na

Administração Pública. Como já considerasse esgotado seu caminho na poesia experimental, a vida em Brasília contribuiu para que reavaliasse suas idéias, tanto no plano estético quanto ideológico. Foi decisivo o reencontro com os nordestinos que estavam ali construindo a Nova Capital.

No final daquele ano, com a renúncia do presidente Jânio Quadros, retornou ao Rio. Deixou de atuar nos movimentos de vanguarda e em 1962 ingressou no Centro Popular de Cultura (CPC) da União Nacional dos Estudantes (UNE). Publicou os poemas de cordel *João-Boa-Morte, cabra marcado pra morrer* e *Quem matou Aparecida*, assumindo claramente uma nova atitude literária de engajamento político e social. Por um curto período participou das "Ligas Camponesas" de Francisco Julião e, logo depois, aproximou-se do Partido Comunista Brasileiro, sem, no entanto, filiar-se a ele. No ano seguinte foi eleito presidente do CPC e publicou o ensaio *Cultura posta em questão*. Vida e obra do poeta misturando-se no seu dia-a-dia.

O golpe militar de 31 de março de 1964 modificaria para sempre a vida de Gullar. No dia seguinte, a sede da UNE foi invadida e incendiada. A primeira edição de *Cultura posta em questão* acabou sendo queimada. Nesse dia Gullar filiou-se ao Partido Comunista Brasileiro. Quando muitos se retiravam, ele entrava. Era a maneira de continuar a luta. Com o fechamento do CPC, sentia que precisava integrar-se às forças que poderiam resistir. Pouco depois, foi um dos fundadores do grupo teatral Opinião – um marco na resistência à ditadura.

Nos anos seguintes Gullar esteve muito ligado ao teatro: escreveu três peças em parcerias diversas: *Se correr o bicho pega, se ficar o bicho come* – prêmios "Molière" e "Saci" – com Oduvaldo Vianna Filho, *A saída? Onde fica a saída?*, com Armando Costa e Antônio Carlos Fontoura e *Dr. Getúlio, sua vida e sua glória*, com Dias Gomes. Esta última foi reeditada e encenada com o título de *Vargas*, música de Chico Buarque e Edu Lobo. Em 1982, escreveu sozinho *Um rubi no umbigo*. Todas as peças possuem forte conteúdo social.

Nesse período também editou dois livros de poesia: *A luta corporal e novos poemas* e *Por você por mim*. O segundo, traduzido para o vietnamês, foi distribuído entre os guerrilheiros durante a guerra no Vietnã.

Após a assinatura do Ato Institucional nº 5 (1968), foi preso pela primeira vez. No ano seguinte, na iminência de ser novamente levado à prisão, entrou em um período de clandestinidade, escondendo-se em casa de parentes e amigos pelo período de 10 meses. Fugiu ao cerco da polícia exilando-se em Moscou durante dois anos. A seguir foi para o Chile, aonde chegou pouco antes da queda de Salvador Allende. Esteve depois no Peru e, por fim, na Argentina: desembarcou no dia da morte de Perón e lá estava, dois anos mais tarde, quando Isabelita Perón foi deposta. Nessa época viveu também um drama familiar: seus filhos tornaram-se dependentes de drogas, com graves seqüelas psíquicas. Durante o exílio, colaborou com o semanário *O Pasquim*, assinando artigos sob pseudônimo e, para sobreviver, na Argentina, dando aulas de português.

Em 1975 publicou *Dentro da noite veloz* e escreveu seu livro de maior sucesso: *Poema sujo*, emocionante depoimento do poeta que presta contas a si mesmo e a seu tempo, partindo da reconstituição de sua infância em São Luís. Sem a presença de Gullar, o livro foi lançado no Brasil um ano depois.

Em março de 1977 regressou ao Brasil. No dia seguinte foi preso pelo Departamento de Polícia Política e Social, o DPPS, antigo DOPS, sofrendo ameaças e sendo submetido a contínuas sessões de interrogatório, durante 72 horas, no DOI-CODI.

Após ser libertado, retornou aos poucos às atividades culturais. Em 1979 gravou pela Som Livre o disco *Antologia poética*, onde lê seus poemas acompanhado de Egberto Gismonti ao violão. Esta experiência em disco se completará com o Gullar compositor, gravado por diversos artistas. Tem poemas musicados por Fagner ("Traduzir-se"), Milton Nascimento ("Bela, bela"), e letras inéditas com parceiros inesperados: é de Gullar a letra de "Trenzinho do caipira" para a música de Heitor Villa-Lobos.

Renovou-se em outras formas de arte: começou a escrever para o núcleo de teledramaturgia da Rede Globo. Fez adaptações de clássicos de teatro (série *Aplausos*), escreveu episódios dos seriados *Carga pesada* e *Obrigado, doutor*, e iniciou a parceria com Dias Gomes, com enorme sucesso de audiência, tanto nas novelas quanto nas minisséries, como *Araponga* e *As noivas de Copacabana*.

Em 1980 lançou *Na vertigem do dia* e teve seus livros de poemas reunidos em um único volume, *Toda poesia*, atualmente na 13ª edição. Em 1985 recebeu o Prêmio Molière pela tradução de *Cyrano de Bergerac*. No ano seguinte, continuando o caminho poético, publicou *Crime na flora ou Ordem e progresso*, depois, *Barulhos*, e, tardiamente em 1991, *O formigueiro*, da fase neoconcreta. Em 1989 fez o lançamento do seu primeiro livro de crônicas: *A estranha vida banal* e, o segundo, uma nova seleção, só veio a público em 2001: *O menino e o arco-íris*.

Em 1993 publicou *Argumentação contra a morte da arte*, seu livro de ensaios de maior repercussão no meio artístico, atualmente na 8ª edição.

Nesse mesmo ano faleceu a esposa Thereza. Pouco antes já havia perdido o filho Marcos, fato que o atingiu brutalmente. A tragédia estava desfazendo a sua existência. No ano seguinte, o inesperado: uma nova paixão. Conheceu a segunda mulher, a poeta Cláudia Ahimsa, que reacendeu em Gullar a paixão pela vida.

De 1993 a 1994 foi presidente da Funarte (Fundação Nacional de Arte), o mais importante órgão federal de apoio ao desenvolvimento artístico do país, onde criou e publicou a revista *Piracema*.

Versátil e múltiplo, Ferreira Gullar estendeu seu talento para diversas áreas do campo artístico, inclusive a da ficção, onde publicou dois livros (*Gamação* e *Cidades inventadas*). Escreveu também obras de cunho biográfico: *Rabo de foguete* (as memórias do tempo de exílio) e um perfil de *Nise da Silveira*. Para o público infanto-juvenil, *Um gato chamado gatinho, O rei que mora no mar* e *O touro encantado*.

Nos últimos anos vem recebendo inúmeras e merecidas homenagens: em 1999 foi inaugurada, em São Luís, a Avenida Ferreira Gullar, e o novo livro de poemas, *Muitas vozes*, recebeu os prêmios "Alphonsus de Guimaraens" da Fundação Biblioteca Nacional e o "Jabuti". Em 2000 foi eleito "O intelectual do ano", em concurso de âmbito nacional, obtendo o Prêmio Multicultural do jornal *O Estado de S. Paulo*. No seu aniversário, em setembro, ocorreu no Museu de Arte Moderna do Rio de Janeiro a abertura da exposição "Ferreira Gullar 70 anos", que ainda hoje está percorrendo diversos Estados do Brasil. Em 2002 obteve a consagração no plano internacional com o Prêmio Príncipe Claus, do governo da Holanda, e a indicação de seu nome para o Nobel de Literatura.

BIBLIOGRAFIA

POESIA

Um pouco acima do chão. São Luís: edição do autor, 1949.

A luta corporal. Rio de Janeiro: edição do autor, 1954; 2. ed., acrescida de *Novos poemas*, Rio de Janeiro: José Alvaro, 1966; 3. ed., Rio de Janeiro: Civilização Brasileira, 1975; 4. ed., Rio de Janeiro: José Olympio, 1994; 5. ed., 2000.

Poemas. Rio de Janeiro: Espaço, 1958.

João-Boa-Morte, cabra marcado pra morrer (cordel). Rio de Janeiro: Universitária (CPC-UNE), 1962; 2. ed., 1962.

Quem matou Aparecida (cordel). Rio de Janeiro: Universitária (CPC-UNE), 1962.

História de um valente (cordel). Assinado pelo pseudônimo José Salgueiro. Rio de Janeiro: PCB (na clandestinidade), 1966.

A luta corporal e novos poemas. Rio de Janeiro: José Alvaro, 1966.

Por você por mim. Rio de Janeiro: Sped, 1968.

Dentro da noite veloz. Rio de Janeiro: Civilização Brasileira, 1975; 2. ed., 1979; (Em conjunto com *Poema sujo*. São Paulo: Círculo do Livro, 1977; 2. ed., s.d.); 3. ed., Rio de Janeiro: José Olympio, 1998.

Poema sujo. Rio de Janeiro: Civilização Brasileira, 1976; 2. ed., 1977; 3. ed., 1977: 4. ed., 1979; 5. ed., 1983; (Em conjunto com *Dentro da noite veloz.* São Paulo: Círculo do Livro, 1977; 2. ed., s.d.); 6. ed., Rio de Janeiro: José Olympio, 1995; 7. ed., 1999; 8. ed., 2001; 9. ed., 2001; 10. ed., 2004.

Antologia poética. São Paulo: Summus, 1977; 2. ed., 1977; 3. ed., 1979; 4. ed., 1983; 5. ed. e 6. ed., s.d.

Antologia poética (em disco, com a voz do autor e música de Egberto Gismonti). Rio de Janeiro: Som Livre, 1979.

Na vertigem do dia. Rio de Janeiro: Civilização Brasileira, 1980; 2. ed., Rio de Janeiro: José Olympio, 2004.

Toda poesia. Rio de Janeiro: Civilização Brasileira, 1980; 2. ed., 1981; 3. ed., 1983; (São Paulo: Círculo do Livro, 1980; 2. ed., 1981); 4. ed., Rio de Janeiro: José Olympio, 1987; 5. ed., 1991; 6. ed., 1997 (em co-edição com o FNDE); 7. ed., 1999; 8. ed., 1999; 9. ed., 2000; 10. ed., 2001; 11. ed., 2001; 12. ed., 2004; 13. ed., 2004.

Melhores poemas Ferreira Gullar. São Paulo: Global, 1983; 2. ed., 1985; 3. ed., 1986; 4. ed., 1990; 5. ed., 1994; 6. ed., 2000; 7. ed., 2004.

Crime na flora ou Ordem e progresso. Rio de Janeiro: José Olympio, 1986; 2. ed., 1986.

Barulhos. Rio de Janeiro: José Olympio, 1987; 2. ed., 1987; 3. ed., 1991; 4. ed., 1997.

Poemas escolhidos. Rio de Janeiro: Ediouro, 1989; 2. ed., 1989.

O formigueiro. Rio de Janeiro: Europa, 1991.

Muitas vozes. Rio de Janeiro: José Olympio, 1999; 2. ed., 1999; 3. ed., 1999; 4. ed., 2000; 5. ed., 2002.

Um gato chamado gatinho (literatura infanto-juvenil). Rio de Janeiro: Salamandra, 2000.

O rei que mora no mar (literatura infanto-juvenil). São Paulo: Global, 2001.

POESIA NO EXTERIOR

Livro-poema. Frauenfeld (Suíça): Verlag Herausgeber Eugen Gomringer Press, 1965.

La lucha corporal y otros incendios (antologia). Caracas: Centro Simón Bolívar, 1977.

Hombre común (antologia). Buenos Aires: Calicanto Editorial, 1979.

Poesía (antologia). Cuenca (Equador): Universidad de Cuenca, 1982.

Schmutziges Gedicht (*Poema sujo*). Frankfurt: Suhrkamp Verlag, 1985.

Poemas (antologia). Lima: Colección Tierra Brasileña, 1985.

Faule Bananen und andere Gedichte (antologia). Frankfurt: Verlag Klaus Dieter Vervuert, 1986.

Dirty poem (*Poema sujo*). Nova York: University Press of America, 1991.

Der grüne Glanz der Tage (antologia). Munique: R. Piper, 1991.

Poema sucio (*Poema sujo*). Madri: Visor Libros, 1997; Bogotá: Editorial Norma, 1998; Havana: Casa de las Américas, 2000.

En el vértigo del día (*Na vertigem do dia*). México: Editorial Aldus, 1998.

Morgen is weer geen andere dag (antologia). Amsterdam: Wagner & Van Santen, 2003.

Obra poética (poesias completas). Vila Nova de Famalicão (Portugal): Quasi Edições, 2003.

Dans la nuit véloce (antologia). Paris: Editions Eulina Carvalho, 2003.

Smutsig dikt (*Poema sujo*). Estocolmo: Bokförlaget Tranan, 2004.

ENSAIO

Teoria do não-objeto. Rio de Janeiro: SDJB, 1959.

Cultura posta em questão. Rio de Janeiro: Universitária (CPC-UNE), 1964; 2. ed., Rio de Janeiro: Civilização Brasileira, 1965; 3. ed., em conjunto com *Vanguarda e subdesenvolvimento*, Rio de Janeiro: José Olympio, 2002.

Vanguarda e subdesenvolvimento. Rio de Janeiro: Civilização Brasileira, 1969; 2. ed., 1978; 3. ed., 1984; 4. ed., em conjunto com *Cultura posta em questão*, Rio de Janeiro: José Olympio, 2002.

Uma luz do chão. Rio de Janeiro: Avenir, 1978.

Sobre arte. Rio de Janeiro: Avenir e Palavra e Imagem, 1982; 2. ed., 1983.

Etapas da arte contemporânea: do cubismo à arte neoconcreta. São Paulo: Nobel, 1985; 2. ed., Rio de Janeiro: Revan, 1998; 3. ed., 1999.

Indagações de hoje. Rio de janeiro: José Olympio, 1989.

Argumentação contra a morte da arte. Rio de Janeiro: Revan, 1993; 2. ed, 1993; 3. ed., 1993; 4. ed., 1993; 5. ed., 1997; 6. ed., 1998; 7. ed.,1999; 8. ed., 2003.

Relâmpagos. São Paulo: Cosac & Naify, 2003.

TEATRO

Se correr o bicho pega, se ficar o bicho come (com Oduvaldo Vianna Filho). Rio de Janeiro: Civilização Brasileira, 1966.

A saída? Onde fica a saída? (com Antônio Carlos Fontoura e Armando Costa). Rio de Janeiro: Grupo Opinião, 1967.

Dr. Getúlio, sua vida e sua glória (com Dias Gomes). Rio de Janeiro: Civilização Brasileira, 1968 (com nova versão sob o título *Vargas*, 1983).

Um rubi no umbigo. Rio de Janeiro: Civilização Brasileira, 1978.

CRÔNICA

A estranha vida banal. Rio de Janeiro: José Olympio, 1989.

O menino e o arco-íris. São Paulo: Ática, 2001.

FICÇÃO

Gamação. São Paulo: Global, 1996.
Cidades inventadas. Rio de Janeiro: José Olympio, 1997.
O touro encantado (literatura infanto-juvenil). São Paulo: Salamandra, 2003.

MEMÓRIAS

Rabo de foguete – Os anos de exílio. Rio de Janeiro: Revan, 1998; 2. ed., 1998.

BIOGRAFIA

Nise da Silveira. Rio de Janeiro: Relume-Dumará,1996.

TRADUÇÃO

Ubu rei, de Alfred Jarry. Rio de Janeiro: Civilização Brasileira, 1972.
Cyrano de Bergerac, de Edmond Rostand. Rio de Janeiro: José Olympio, 1985.
O país dos elefantes, de Louis-Charles Sirjacq. Paris: L'Avant-Scène Théâtre, 1989.
Fábulas de La Fontaine. Rio de Janeiro: Revan, 1997; 2. ed., 1998; 3. ed., 1998; 4. ed., 1999; 5. ed., 2002.
As mil e uma noites. Rio de Janeiro: Revan, 2000; 2. ed., 2000; 3. ed., 2001.
Dom Quixote de la Mancha, de Miguel de Cervantes. Rio de Janeiro: Revan, 2002; 2. ed., 2002; 3. ed., 2002.
Rembrandt, de Jean Genet. Rio de Janeiro: José Olympio, 2002.
Van Gogh, o suicida da sociedade, de Antonin Artaud. Rio de Janeiro: José Olympio, 2003.
O paraíso de Cézanne, de Philippe Sollers. Rio de Janeiro: José Olympio, 2003.

Augusto Sérgio Bastos nasceu no Rio de Janeiro, em 1943. Graduado em Administração de Empresas e Engenharia Metalúrgica. Membro da Comissão Editorial do jornal *Poesia Viva* (Rio de Janeiro – RJ) e do Conselho Editorial do Jornal de Literatura *Panorama da Palavra* (Rio de Janeiro – RJ). Publicações:

Livro – *O branco improvável* (poesia). Rio de Janeiro: Editora UAPÊ, 2002.

Ensaio – "Ferreira Gullar – Poesia: paixão e consciência". In: *Poesia Viva em revista*, org. Leda Miranda Hühne (2004).

ÍNDICE

Itinerário do cronista	7
Crônica	15
O famoso desconhecido	17
Frango tite	20
Os aforismos da crase	23
O galo	26
A estante	28
Duas e três	31
Solidariedade	33
Sapatos novos	36
Superstição e ciência	38
Raiz da intolerância	41
Terror	44
O menino e o arco-íris	46
Da lei	48
O diabo e o magro	50
Verão	52
Faquir	54
Pessoa	56

Pais e filhos 58

Passarinhos 61

Sobre o amor 63

Dom Ramiro vai à Europa 67

Gás 70

Nosso herdeiro 72

A fuga 74

Na multidão 76

Frente e fundo 78

Um homem 80

Encontro em Buenos Aires 82

A multinacional corrupção 86

Carnaval 90

Três crianças 92

Fazenda 94

O jarro 96

Pensador 98

Corua 100

O avesso da cidade 102

Confusão burocrática 104

Peso 107

Maravilha 109

Cabo de domingo 111

Bons tempos difíceis 113

O melhor de nós 116

Pombos 119

Testemunho 121

Tesouro 123

Guerra	125
Nuvens	127
Girafa	129
Geladeira	131
Mudança	133
Na pensão Roma	136
A fauna da pensão Roma	140
Ah, a imagem do Brasil	143
O cavalo Santorín	147
Hora do jantar	150
Cão que morde é mansinho	152
Tem sol pequeno	155
Morte na praia	157
Domingo	159
Garrafa do Tibau	160
Filhos mimados	162
Palavras, palavras...	164
Herdeiros	167
Uma questão delicada	170
Existe de fato a justiça?	172
Visita	174
Impaciência	176
Quando nos falha a memória	179
O certo e o errado	182
Cidade	185
Morar	187
O ovo	189
Formigas	191

Mania de perseguição	193
Doença mental	196
Supersticioso, eu?	199
Mito	202
Drummond, uma parte de mim	204
Uma passeata histórica	207
Além do possível	210
Meu igual, meu irmão	212
Hotel Avenida	215
Eleitor	217
Reforma agrária	219
Pedro Fazendeiro	221
Risco Brasil	223
Risco Brasil II	226
Tem gringo no samba	229
Os humoristas, esses implacáveis	232
Homem invenção do homem	235
Biografia de Ferreira Gullar	237
Bibliografia	245

ODYLO COSTA FILHO*
Seleção e prefácio de Cecília Costa

JOÃO DO RIO*
Seleção e prefácio de Fred Góes e Luís Edmundo Bouças Coutinho

FRANÇA JÚNIOR*
Seleção e prefácio de Fernando Resende

MARCOS REY*
Seleção e prefácio de Sílvia Borelli

ARTUR AZEVEDO*
Seleção e prefácio de Antonio Martins Araújo

COELHO NETO*
Seleção e prefácio de Ubiratan Machado

GUSTAVO CORÇÃO*
Seleção e prefácio de Luiz Paulo Horta

RODOLDO KONDER*

PRELO*

COLEÇÃO MELHORES CRÔNICAS

MACHADO DE ASSIS
Seleção e prefácio de Salete de Almeida Cara

JOSÉ DE ALENCAR
Seleção e prefácio de João Roberto Faria

MANUEL BANDEIRA
Seleção e prefácio de Eduardo Coelho

AFFONSO ROMANO DE SANT'ANNA
Seleção e prefácio de Letícia Malard

JOSÉ CASTELLO
Seleção e prefácio de Leyla Perrone-Moisés

MARQUES REBELO
Seleção e prefácio de Renato Cordeiro Gomes

CECÍLIA MEIRELES
Seleção e prefácio de Leodegário Azevedo Filho

LÊDO IVO
Seleção e prefácio de Gilberto Mendonça Teles

IGNÁCIO DE LOYOLA BRANDÃO
Seleção e prefácio de Cecilia Almeida Salles

MOACYR SCLIAR
Seleção e prefácio de Luís Augusto Fischer

ZUENIR VENTURA
Seleção e prefácio de José Carlos de Azeredo

RACHEL DE QUEIROZ
Seleção e prefácio de Heloisa Buarque de Hollanda

FERREIRA GULLAR
Seleção e prefácio de Augusto Sérgio Bastos

LIMA BARRETO
Seleção e prefácio de Beatriz Resende

OLAVO BILAC
Seleção e prefácio de Ubiratan Machado

ROBERTO DRUMMOND
Seleção e prefácio de Carlos Herculano Lopes

SÉRGIO MILLIET
Seleção e prefácio de Regina Campos

IVAN ANGELO
Seleção e prefácio de Humberto Werneck